L'appel du loup

Tome 2
Aloha Shifters : Les Joyaux du cœur

von Anna Lowe

Contents

Chapitre 1

— Non !

Nina cria et se débattit, aux prises avec des bras puissants, mais c'était sans effet.

— Achève-la ! aboya un homme alors qu'on la lançait dans un espace étroit.

Sa tête heurta quelque chose de dur et elle s'affaissa sur le sol. Tout s'assombrit à mesure que les voix se rapprochaient et l'encerclaient.

— Elle est morte ? demanda quelqu'un en lui donnant un petit coup dans l'épaule.

Le choc lui donna la tête qui tourne et de la bile lui remonta dans la gorge. Où était-elle ? Que se passait-il ? Comment était-elle arrivée dans cet endroit sombre et humide ?

— Elle respire encore, constata un homme au-dessus du bourdonnement de ses oreilles.

Il était assez proche pour qu'elle sente son haleine abominable, cependant elle ne pouvait pas bouger pour y échapper.

— Elle ne vivra plus très longtemps. Il faut qu'elle meure, mais que ça ressemble à un accident, reprit la voix étrangement familière de celui qui avait parlé en premier.

Quelques instants plus tôt, elle l'aurait reconnu. Maintenant, plus rien n'avait de sens. Le coup porté à sa tête avait mis la pagaille dans ses souvenirs. Tout était sens dessus dessous.

— S'ils trouvent le corps, ils concluront à une noyade accidentelle. Allez, attrape ses pieds, ordonna le deuxième homme.

Au moment où ils la soulevèrent, elle replia les doigts et gémit.

— À trois, lança-t-il en balançant son corps dans les airs.

Elle se sentait déjà nauséeuse, et l'oscillation ne fit qu'empirer les choses. Clignant des yeux, elle tenta désespérément de se ressaisir avant qu'il ne soit trop tard.

— Deux...

Un sentiment de peur s'insinua à travers ses os. Pourquoi ses membres étaient-ils si lents à réagir ? Pourquoi était-elle si confuse ?

— Trois, grogna l'homme.

Et elle s'envola dans les airs.

Elle gigota en vain avant de toucher la surface, songeant trop tard à fermer la bouche. L'eau salée la fit hoqueter et un poids invisible entraîna son corps dans les profondeurs du Pacifique. La terreur la saisit à la gorge, assez fort pour lui faire quasiment retrouver ses réflexes initiaux. D'un coup de pied, elle remonta vers le clair de lune, cherchant désespérément de l'air.

Elle émergea, avalant furieusement de grandes bouffées d'air. Ses longs cheveux bruns lui couvraient le visage, l'obligeant à les repousser, et elle fut secouée d'une toux si forte que c'en était douloureux.

— Attendez ! À l'aide ! réussit-elle à crier.

Attirer l'attention des hommes qui venaient de la jeter d'un bateau n'était pas une bonne idée, puisqu'ils voulaient sa mort, néanmoins elle n'arrivait toujours pas à accepter cette idée. Pourquoi voudrait-on la tuer ? Qu'avait-elle fait ?

— Merde, elle n'est pas morte, grogna l'un des hommes.

— Pas encore, en effet, renchérit l'autre.

Boum ! Quelque chose de plat et de solide s'abattit sur l'eau, juste à côté de sa tête.

Bouge, dépêche-toi ! cria une voix dans son esprit.

Ces hommes cherchaient à la frapper avec une rame et visaient sa tête.

Ils veulent ta mort. File !

Elle remuait les bras et les jambes frénétiquement. Comment était-elle censée s'échapper ? Des lumières faibles et lointaines jalonnaient le rivage. Le rivage de Maui, ça, elle s'en souvenait. Le seul bateau en vue était l'élégant yacht à moteur blanc dont elle venait d'être jetée. Elle distinguait son nom en lettres d'or, « anges » quelque chose, estampé sur sa poupe.

Elle donna un coup de pied vers l'arrière alors que la rame frappait l'eau sans relâche, la visant comme l'aurait fait une matraque. Le bois ricocha sur son bras et elle s'étrangla de douleur.

— Dépêche ! lança l'homme à son complice.

La rame lui cogna l'épaule, puis lui frôla la tête lorsqu'ils la ramenèrent vers eux. La vision de Nina se brouilla.

— Attrape-la !

Elle entendit l'homme crier de nouveau, mais sa voix, déjà lointaine, devenait de plus en plus ténue.

Si tu t'évanouis maintenant, tu es fichue ! lui criait sa voix intérieure. *Plonge ! Maintenant !*

Elle coula au lieu de plonger. L'eau étouffa tous les sons et le sel lui piqua les yeux. Où se trouvait l'air libre ? Où se trouvait le fond de la mer ?

Le clair de lune filtrait à travers l'eau, et bien que son instinct lui soufflait de se diriger vers sa lumière, elle nagea d'abord sur le côté avant de refaire surface. La respiration qu'elle prit lui apporta autant de liquide que d'air, l'obligeant à recracher sans ménagement.

— Elle est là-bas ! s'égosilla l'un des hommes.

Elle avait envie de crier, de pleurer. Il devait y avoir une erreur. Mais elle pouvait à peine respirer et encore moins parler, aussi ne put-elle que pousser un gémissement confus.

— Oublie la, murmura le complice. Elle n'a aucune chance d'arriver jusqu'au rivage. On est à trois miles en mer.

Il avait raison et elle le savait. Certes, l'océan était relativement calme, toutefois la terre ferme se trouvait à plusieurs kilomètres. Ses vêtements étaient trempés, ses membres raides. Sa tête l'élançait et sa vision était floue.

Fais quelque chose ! Tout de suite ! lui hurla son instinct alors que le bateau à moteur se remettait en marche et s'éloignait à toute allure.

Elle retira une de ses chaussures, puis l'autre. Comme ses jambes se prenaient dans sa jupe, elle s'en débarrassa aussi et laissa l'océan engloutir le tissu.

L'océan t'avalera aussi, si tu ne te remues pas. Allez!

Elle tourna lentement sur elle-même, se demandant quel chemin prendre. Mais pourquoi s'en souciait-elle, au bout du compte? Peut-être devrait-elle se laisser rapidement emporter par la mort au lieu de la combattre.

Tu n'es pas du genre à baisser les bras. Impossible. Tu es comme ta mère. Elle n'a jamais renoncé.

Nina sanglota en pensant à elle. Si malade, si frêle et pourtant refusant d'abandonner le combat. Seul ce souvenir demeurait clair dans le paysage brumeux de son esprit.

Allez, fais en sorte qu'elle soit fière de toi.

Elle frappa la surface de l'eau comme si l'océan était responsable du cancer qui avait emporté sa mère. Soudain, le grondement produit par le moteur du bateau changea de rythme. Nina pivota pour le voir faire demi-tour.

— Achève-la! vociféra l'homme.

Le moteur rugit cette fois et le bateau accéléra, projetant un panache d'eau dans son sillage alors qu'il fendait l'écume jusqu'à elle.

— Non!

Même si elle ne voyait pas l'intérieur du rouf, elle imaginait sans mal les deux hommes penchés sur les commandes, un sourire dément aux lèvres.

Bouge! Nage! Dépêche-toi!

Elle nagea frénétiquement vers la droite. Le moteur vrombit, emplissant l'air et l'eau de sa force brute. Lorsque les flots autour d'elle se soulevèrent avec la vague d'étrave, elle se mit à avancer pour sauver sa vie, poussée par une soudaine montée d'adrénaline.

Plus vite! Allez! Allez!

L'eau écumait autour d'elle, la précipitant dans ses culbutes et ses tourbillons, comme un brisant venu la cueillir sur une plage. Il y eut un sifflement assourdissant, le tonnerre d'une vibration, un martèlement. Et soudain, la sensation terrifiante d'un énorme bateau fendant l'eau derrière elle.

Et, *zoom !* Le yacht à moteur fila à toute allure. Nina remonta à la surface juste à temps pour voir la proue fendre l'eau à moins d'un mètre d'elle. Secouée d'une toux sèche, elle battit des pieds pour se propulser vers l'arrière : elle devait à tout prix échapper aux hélices.

Vivante ! Elle était vivante. Ses poumons hurlaient et son corps n'était que douleur, mais elle était vivante. Elle gonfla la poitrine et crachota, regardant le yacht filer vers le rivage au loin.

Elle fit du sur-place, le temps de reprendre son souffle et de donner un sens à ce qui venait de se produire, cependant son esprit était flou et ses souvenirs brouillés. Où se trouvait-elle ? Que s'était-il passé ?

Son chemisier ample flottait autour d'elle, lui entravant les bras. Elle dut le faire passer par-dessus sa tête pour le jeter de côté. Il était plus facile de nager sans, même si la distance à parcourir pour atteindre le rivage allait être terriblement longue.

Allez, nage. Contente-toi de nager. Une brasse après l'autre.

Elle voulait protester, mais ses bras obéissaient déjà à un ordre intérieur qui ressemblait à une supplication de sa mère.

Ne réfléchis pas, ma chérie. Contente-toi de nager.

La lune ondulait sur l'eau. Le grondement du yacht s'éteignit et une paix sinistre s'étendit sur l'océan.

Nage, ma chérie. Comme tu le faisais pour traverser le lac.

Ce lac, où qu'il fût, n'était plus qu'un vague souvenir. Et merde, ce n'était pas un lac, cette fois.

Tu peux le faire. Une brasse à la fois.

L'océan se soulevait puis retombait, suivant le rythme lent et paresseux de la houle, et elle s'imagina que cette brise l'encourageait, elle aussi.

Tu peux le faire. Une brasse à la fois.

Chapitre 2

Nina ignorait le temps qu'elle avait passé en mer ou la distance qu'elle avait parcourue. Elle s'était contentée de nager en levant parfois les yeux. Les lumières ne semblaient pas devenir plus vives ni se rapprocher, pourtant, étrangement, elle ne désespérait pas. Son corps, passé en pilotage automatique, pataugeait mollement et elle avait débranché son cerveau. Si ça se trouvait, la noyade serait moins pénible si son esprit était aussi engourdi que le bout de ses doigts.

Au bout d'un moment, elle se mit sur le dos et regarda scintiller les étoiles. Peut-être l'encourageaient-elles. Peut-être allait-elle y arriver, après tout.

Après avoir complètement perdu ses repères, elle entra dans une sorte de transe qui s'empara de ses orteils. La mort peut-être, ou peut-être pas. Une minute, elle rêvait de dauphins, et la suivante, sa main se refermait sur un sable grossier et granuleux. Elle tenta faiblement de donner un coup de pied, se demandant pourquoi elle ne bougeait plus, puis ferma les yeux.

Et se laissa emporter par la mort.

Elle n'en avait plus rien à faire.

— Hé !

Une voix profonde parvint jusqu'à son esprit étourdi.

Une vague s'abattit sur le sable et elle replia les doigts. Du sable ? Elle entrouvrit les paupières. Il faisait toujours nuit, mais le ciel était plus sombre qu'avant : il était si tard que même la lune s'était couchée. De petits morceaux de corail s'enfonçaient dans son ventre et sa tête lui faisait mal. Son épaule aussi.

— Hé, vous n'avez pas le droit d'être ici, lança encore l'homme.

Sa voix grave et sonore lui caressait la peau et réchauffait ses nerfs fragilisés.

Elle leva la tête en clignant des paupières, avant de la laisser aussitôt retomber sur le sable. Ce simple petit mouvement suffit à lui donner le vertige.

Elle voulut répondre qu'elle partirait quand elle pourrait lever plus d'un petit doigt, cependant tout ce qu'elle parvint à sortir, ce fut un grognement.

Deux pieds nus vinrent se poster à quelques centimètres de son visage et l'homme reprit la parole, plus doucement cette fois :

— Madame, vous allez bien ?

Elle s'esclaffa, ce qui se traduisit par une sorte de gémissement. Non, elle n'allait pas bien. Loin de là.

— Je déteste devoir vous dire ça, mais c'est une propriété privée, ici. Personne n'est autorisé à y entrer. Ce qui veut dire...

Elle cessa d'écouter. Quelle importance si elle s'était introduite par effraction sur une propriété privée ? Elle était vivante.

Il toucha son épaule et elle grogna. À la lumière de ce qui venait de se passer, elle aurait dû paniquer à l'idée de se retrouver si proche d'un inconnu, cependant tout ce qu'elle ressentit, ce fut de la chaleur et de l'espoir. Comme si sa mère n'allait pas tarder à venir s'occuper d'elle et que tout irait bien.

L'homme la retourna précautionneusement et une main chaude toucha son front douloureux.

— Mon Dieu, que s'est-il passé ?

C'était drôle, elle aurait voulu poser la même question.

Elle bascula la tête en arrière. Bordel, ce qu'il sentait bon ! Ou bien était-ce toute la plage qui sentait le bois de santal et l'eau de toilette ?

— Vous m'entendez ? demanda-t-il en s'agenouillant auprès d'elle.

Elle essaya de hocher la tête, sans y parvenir. Ses terminaisons nerveuses tiraient à blanc et elle était fatiguée. Tellement, tellement fatiguée.

— Je vous fais mal ? demanda-t-il en lui touchant le bras.

Oui, elle avait mal... jusqu'à ce qu'il la touche. Désormais, tout ce qu'elle ressentait, c'était une chaleur douillette qui l'enveloppante. Un sentiment de sécurité.

— Accrochez-vous, chuchota-t-il en glissant les mains sous son corps.

Elle retint son souffle. Son cauchemar allait-il encore empirer ?

— Ne me faites pas de mal, balbutia-t-elle en se roulant en boule.

— Je ne vous ferai pas de mal, chuchota-t-il.

— Promis ? insista-t-elle, même si sa voix était faible.

Une requête puérile, vraiment, car rien n'empêcherait cet homme de rompre sa promesse. Ses semblables le faisaient sans arrêt.

Il s'immobilisa pendant ce qui lui sembla durer une éternité et la panique la submergea de nouveau. Allait-il lui faire du mal ? La violer ? Lui défoncer le crâne ?

— Je promets de ne pas vous faire de mal. D'accord ?

Sa voix était douce. Incroyablement douce et gentille.

— D'accord, bredouilla-t-elle comme une enfant en train de s'assoupir... ou une femme sur le point de s'évanouir.

Ses sens étaient à la dérive, pourtant à la seconde où il la tint précautionneusement contre son torse, elle se sentit pleinement éveillée.

Elle leva la tête vers lui, clignant des yeux. Des prunelles de l'indigo le plus pur qui brillaient et brûlaient comme des charbons ardents, encadrées par les traits bruts du plus bel homme du monde. Ce qui devait signifier qu'elle était en proie à une hallucination... mais putain, halluciner valait mieux qu'affronter l'affreuse vérité. Peut-être tiendrait-elle un peu plus longtemps. Elle se débrouillerait pour croire que l'homme de ses rêves était venu à son secours, et non un vieil ermite poilu ou qui que ce soit d'autre. Parce qu'aucun homme réel ne l'avait jamais regardée avec des yeux aussi doux et aussi inquiets, en tout cas pas un homme doté d'autant de muscles.

— Tenez bon. Vous allez vous en sortir.

Les palmiers murmuraient au-dessus de leurs têtes alors qu'il avançait à grandes enjambées et que le parfum de l'hibiscus se mêlait à son odeur terreuse. Des grillons chantaient dans un feuillage luxuriant et un oiseau gazouillait. Peut-être était-elle morte et en route pour le paradis. Dans ce cas, cet homme était un ange qui l'emmenait vers les portes du jardin d'Eden.

— Vous allez vous en sortir, répéta-t-il en la recouvrant de quelque chose de doux et de propre.

Une couverture ? Non, une serviette de plage qu'il avait attrapée en chemin sur une rambarde. Elle se cramponna à un coin du tissu. Merde, oui, elle devrait vraiment se sortir de ce cocon réconfortant, sauf qu'elle n'en trouvait pas l'énergie.

Elle choisit de se concentrer sur ses yeux. Soit l'indigo s'était éclairci en un bleu roi, soit elle avait imaginé sa couleur. Ses cheveux châtains en bataille retombaient en boucles aux pointes, juste en dessous de ses oreilles. Tout en marchant, il baissa les yeux pour s'assurer qu'elle allait bien. Se retrouver face à face avec un parfait inconnu aurait dû être gênant, mais la situation lui paraissait tout simplement normale. Très, très normale.

La cadence des pas de l'homme se modifia légèrement, signe qu'il montait. Le bruit de la mer se déferlant sur les brisants s'estompa, remplacé par le petit clapotis d'un ruisseau, et l'air se chargea d'une odeur de gingembre. Quelque part devant eux, une lumière brillait.

— On y est presque, murmura-t-il.

Presque où ? Elle resserra sa prise sur le puissant avant-bras de son sauveur et plissa les yeux pour mieux distinguer un faible point de lumière.

Le bourdonnement de plusieurs voix fut porté par le vent tandis qu'il continuait à avancer et que la lumière devenait plus vive.

Si seulement ses jambes pouvaient lui obéir et se tendre puis glisser vers le sol ! Malheureusement, c'était impossible.

Il la tenait dans ses bras jusqu'à un groupe de personnes. Un groupe d'hommes, de ce qu'elle entendait, non loin.

— Ne vous inquiétez pas, lui chuchota son preux chevalier à l'oreille.

Ce qui la rassura pendant une seconde exactement, jusqu'à ce qu'il entre dans le cercle de lumière.

— Waouh ! s'exclama l'un des autres hommes.

Il y eut un raclement de chaise sur un sol carrelé.

— Merde alors ! s'écria un autre.

— C'est quoi ce bordel ? grogna un troisième.

Nina se crispa aussitôt. Elle n'était pas la bienvenue ici. Putain, elle était à leur merci ! Ils pouvaient lui faire n'importe quoi...

— Chut, la rassura son chevalier, qui resserra ses bras pour qu'elle puisse se sentir protégée.

Elle ferma les yeux et inspira afin que son odeur de brise et d'air salin l'apaise. Il se pencha et la déposa doucement sur ce qui semblait être le canapé le plus doux du monde. Lorsqu'il dégagea ses bras qu'il avait passés sous son corps, une vague de tristesse la submergea. Elle ne s'était jamais sentie aussi seule et vulnérable. Pourtant, il n'eut qu'à lui effleurer la joue et à lui chuchoter quelques mots pour que ses nerfs se calment un peu.

— Chut... Tout va bien se passer. Je te le promets.

Ce soudain tutoiement ainsi que son intonation gravèrent pratiquement les mots dans la pierre.

Elle réussit à esquisser un petit signe de tête, en revanche ses paupières restèrent étroitement scellées. Elle n'avait ni l'énergie ni le courage de les rouvrir pour l'instant. Ces voix étaient déjà bien assez effrayantes.

— Que s'est-il passé ? demanda une qui était grave et profonde.

— Arrête de lui braquer cette lumière dans les yeux, aboya son chevalier, dont la voix s'était faite soudain plus rauque, plus dure.

— Qu'est-ce qui te prend d'amener une humaine ici comme ça ? demanda un autre.

Nina secoua un peu la tête. « Humaine » ? Avait-elle bien entendu ou ses oreilles bourdonnaient-elles trop fort ?

— Bordel, Boone. Qu'est-ce qui se passe ?

Elle était à nouveau en train de tomber dans les vapes, néanmoins en entendant ce nom, elle reprit légèrement du poil de la bête. *Boone.* Son sauveur s'appelait Boone ?

— Il faut qu'on trouve Silas, déclara celui qui avait une voix grave et profonde.

— Non ! aboya Boone.

Nina eut un mouvement de recul. Peut-être vaudrait-il mieux qu'elle s'évanouisse à nouveau. Silas était-il quelqu'un de méchant ? Comme les hommes à qui elle avait échappé plus tôt cette nuit-là ?

Une minute. À quels hommes avait-elle échappé, déjà ? Elle secoua un peu la tête, mais les souvenirs s'échappaient aussi vite qu'ils avaient surgi dans son esprit.

— On n'a pas besoin de Silas, déclara Boone.

— Que s'est-il passé ? s'enquit quelqu'un en se penchant.

Elle ouvrit les yeux et les cligna. Trois hommes entrèrent dans son champ de vision, dressés au-dessus d'elle. Des hommes grands et costauds, aux visages impénétrables et aux prunelles perçantes. Elle se recroquevilla et s'agrippa à la serviette de plage qui lui couvrait le corps. Vu qu'elle s'était débarrassée de ses vêtements dans l'océan, elle ne portait plus qu'un haut de bikini et une petite culotte qui ne cachait pas grand-chose. Une croûte de sel séché lui piquait la peau... tout autant que l'examen minutieux dont elle était l'objet.

Ils se trouvaient dans une sorte d'abri sans murs : un grand espace ouvert aménagé comme une salle de séjour. Une espèce de tanière pour hommes. Presque comme un club-house, avec des canapés profonds et un bar sur le côté, ouvert à la brise fraîche maritime et protégé d'un toit en feuilles de palmier.

— Tu es en sécurité maintenant, murmura l'homme le plus proche.

Elle leva aussitôt les yeux vers lui.

Lui. Boone. Son sauveur, qui n'était pas un ermite poilu finalement ni un dieu de la montagne, comme elle en était venue à se le demander en voyant qu'il la portait avec tant de facilité. C'était un homme aux cheveux châtains, athlétique, d'une beauté à couper le souffle. Il haussa les sourcils en la regardant, puis hocha la tête pour manifester son accord avec tout ce qu'elle pourrait dire. Sa peau avait une teinte cuivrée et ses yeux...

À la seconde où le bleu infini de ses yeux rencontra les siens, son pouls s'accéléra.

— Hé, murmura-t-il. Ça va aller.

Elle se sentit mieux alors, mais quand les deux autres hommes commencèrent à lui poser des questions, elle faiblit de nouveau. Tout n'était plus que brouillard.

— Que s'est-il passé ?

Quelque chose de mauvais. Quelque chose dont elle préférait ne pas se souvenir. Elle se toucha le crâne et grimaça aussitôt.

— Que fais-tu ici ?

Merde, ça, elle aurait aimé le savoir !

D'un coup d'épaule, Boone repoussa un homme brun de grande taille, comme pour la protéger de cet assaut.

— Quel est ton nom ? demanda-t-il d'une voix si douce, si délicate qu'elle eut envie de pleurer.

Et elle se mit vraiment à pleurer, parce qu'elle ne se souvenait de rien. « Nina » lui vint automatiquement à l'esprit, mais ensuite, elle ne savait plus. Nina... Nina qui ? Elle fouilla dans sa mémoire et ne trouva qu'un horrible trou noir, comme le négatif d'une photo laissé trop longtemps au soleil.

— Où séjournes-tu ?

— Qui pouvons-nous appeler ?

— Comment es-tu arrivée ici ?

Les questions virevoltaient autour d'elle comme un essaim de frelons, et malgré tous ses efforts, elle ne trouvait de réponse à aucune. Plus elle ratissait son esprit, plus elle perdait les pédales. Comme une personne qui aurait égaré la chose la plus précieuse qui soit, elle explora l'un après l'autre les recoins de son esprit, puis recommença.

Sa bouche s'ouvrait et se refermait, mais aucun mot n'en sortait. Pas plus que ses souvenirs ne ressurgissaient.

Un bateau... Deux hommes... Des cris...

Sauf qu'elle ne se rappelait pas avoir posé le pied sur un bateau. Elle ne se souvenait de rien jusqu'au moment où elle avait été jetée par-dessus bord.

— Deux hommes... m'ont jetée... Un bateau..., bredouilla-t-elle tout bas.

Les mots étaient aussi décousus que ses pensées.

— Quel bateau ? Quels hommes ? demanda quelqu'un.

Elle se plaqua les mains sur le visage et roula sur le flanc, essayant de cacher ses larmes. Si seulement elle pouvait disparaître dans le canapé... Comme si elle avait encore un lambeau de fierté à protéger !

— Reculez, ordonna Boone.

Il n'en fallut pas davantage pour que le brouhaha s'arrête. La voix de son chevalier avait été si tranchante, si autoritaire, qu'elle-même releva les yeux vers lui.

Les autres parurent surpris de cet ordre. Ils étaient égaux, elle le sentait, et peu habitués à recevoir des directives les uns des autres. N'importe lequel d'entre eux aurait pu diriger une section militaire d'élite, à en juger par les lignes dures de leurs visages et leur posture assurée et sans équivoque. Mais, pour ce moment au moins, Boone les surpassait tous.

— Reculez, murmura-t-il à nouveau.

Ils obéirent. Boone réajusta la serviette sur le corps de Nina et lui caressa le bras.

Ça va aller, disait ce geste. *Je jure que tout ira bien.*

Elle ferma les yeux et se concentra sur son contact, la seule chose qui l'empêchait de perdre les pédales sur-le-champ.

— Passe-moi cette serviette, murmura-t-il.

Un instant plus tard, il lui essuyait le visage avec un linge humide. Lentement. Précautionneusement. Tendrement, presque.

— Elle est tombée d'un bateau ? demanda l'un des hommes en baissant la voix.

Ses camarades l'imitèrent.

— Elle en a plutôt été poussée, d'après ce que j'ai compris, nuança un autre.

Pourquoi ne se taisaient-ils pas tous, qu'elle puisse imaginer que Boone était le seul présent dans la pièce ?

— Pourquoi l'aurait-on poussée par-dessus bord ?

— Pour la tuer.

— Pourquoi ? Qu'est-ce qu'elle a fait ?

Nina ne les voyait pas, toutefois elle sentait leurs regards inquisiteurs lui transpercer la peau.

— Pourquoi ne se souvient-elle de rien ?

Cette question, elle se l'était hurlée mentalement.

Quelqu'un passa en revue tout l'éventail des possibilités :

— Le choc. La peur. Une bosse à la tête ?

Putain, toutes ces suppositions étaient vraies.

— Bon, qu'est-ce que tu comptes faire ? demanda-t-on à Boone.

Un lourd silence s'ensuivit et elle retint son souffle. Il lui caressait la paume d'une main hésitante.

Aide-moi ! voulait-elle crier. *Aide-moi, s'il te plaît.*

— Laissez-la se reposer, lâcha-t-il enfin. Peut-être que ses souvenirs lui reviendront une fois qu'elle aura récupéré.

Ce plan lui plaisait. Son corps le réclamait et son esprit s'y cramponnait. Elle avait juste besoin de repos, ensuite tout lui reviendrait, n'est-ce pas ?

— Il faut qu'on avertisse Silas, déclara quelqu'un.

Nina se tendit à l'extrême. Qui que soit Silas, elle pressentait qu'il lui fallait l'éviter.

— Plus tard, grogna Boone. Je lui en parlerai rapidement. Mais d'abord, je dois m'occuper d'elle.

« S'occuper d'elle » avait de multiples significations, mais elle choisit de se concentrer sur les positives. Comme l'image de Boone qui la bordait dans un lit et lui promettait que tout irait bien.

— Accroche-toi, murmura-t-il en la reprenant dans ses bras.

Elle marmonna sans conviction une protestation, puis se blottit instantanément contre lui. Sa poitrine contre la sienne, ses mains autour de son cou. Le geste se fit naturellement, tout comme lorsqu'il enroula ses bras autour de ses épaules et de ses genoux.

— Tout ce dont tu as besoin, c'est d'un peu de sommeil, assura-t-il en se mettant en marche. Tout va bien se passer.

Il la ramena vers la plage, et avant qu'elle ait le temps de comprendre comment, il la bordait sur un matelas aussi immense que confortable. Elle s'y glissa comme Boucle d'Or dans le plus grand lit des ours et serra un oreiller contre elle, se demandant si elle parviendrait vraiment à s'endormir.

Un poids fit tanguer le matelas derrière elle : il s'était assis et lui caressait l'épaule.

— Tout va bien se passer, chuchota-t-il.

Elle sentit ses paupières s'affaisser. Son corps en soupira presque d'aise. Elle avait été perdue et terrifiée, et voilà qu'elle était à présent saine et sauve. Elle sombra dans un délicieux sommeil sans rêves un instant plus tard.

Chapitre 3

Boone prit une grande inspiration et s'ordonna de reculer vers la porte.

Encore une petite seconde, souffla son animal intérieur.

Il n'avait pas besoin d'une petite seconde. Il devait se tirer avant que son loup n'ait d'autres mauvaises idées, comme mémoriser les lignes délicates de son visage et les courbes harmonieuses de son corps, ou encore la renifler de près et humer son parfum céleste. Cette odeur qui lui criait : « Ma compagne, c'est ma compagne ! »

Il s'éloigna lentement en secouant la tête. Peut-être avait-il passé trop de temps sans compagnie féminine. Peut-être son loup était-il juste complètement déboussolé. Impossible que cette humaine puisse être sa compagne.

Elle est belle, murmura la bête en la regardant dormir.

Il tenta de détourner les yeux. Oui, elle était belle, même débraillée, comme en ce moment. Elle n'avait pas une beauté d'un mannequin de podium, mais une beauté authentique, familière, naturelle. Le genre qui n'avait pas besoin de maquillage ou de vêtements élégants pour se démarquer dans une foule. Le genre qui brillait de l'intérieur.

Il freina mentalement. D'accord, d'accord. Soit, elle était jolie. Et alors ?

Elle est en danger. Elle a besoin de notre aide, insista son loup.

Son cœur battit plus fort à l'idée de la bosse qu'elle avait sur le crâne. Quelqu'un avait essayé de la tuer. Mais pourquoi ? Qui ?

Son loup en gronda de colère.

Ce quelqu'un, nous le trouverons et le taillerons en pièces très, très bientôt.

Boone secoua la tête. Hors de question qu'il s'implique. Il allait se tirer de son cottage avant qu'elle n'ouvre les yeux et ne le voie dans l'état où il était. Ses yeux étincelaient, il sentait la chaleur qui bouillait dans leurs orbites, et ses crocs étaient prêts à sortir. Son loup intérieur était proche de la surface, en colère et excité, absolument persuadé que cette femme était la bonne.

Ma compagne. Elle est ma compagne prédestinée, scandait-il encore et encore.

Boone secoua amèrement la tête.

C'est ce que tu avais affirmé à propos de Tammy.

C'est différent, cette fois, insista-t-il.

C'était différent, en effet. Son cœur n'avait jamais battu aussi fort ni aussi vite, et des papillons grouillaient dans son ventre. Tammy l'avait fait rire, et pleurer, mais il n'avait jamais réagi de manière aussi viscérale ou intense.

Cette fois, j'en suis sûr, déclara son loup.

Il ricana.

Je prends ça comme la preuve que tu t'es trompé dans les grandes largeurs.

Son loup avait été catégorique à propos de Tammy, des années plus tôt. Sa part humaine aussi. Il n'avait jamais rencontré quelqu'un qui lui ait fait connaître de tels niveaux de passion... ou de douleur.

« Je t'aime aussi, Boone. Je t'attendrai aussi longtemps qu'il le faudra », avait prétendu Tammy. Pourtant, elle avait rompu toutes les sincères promesses qu'elle avait faites lorsqu'il avait été rappelé par l'armée.

Boone serra les dents. Tammy lui avait brisé le cœur. Plus exactement, elle l'avait pulvérisé avec un boulet de démolition. Ce qui signifiait que la notion de compagnons prédestinés était absurde. Les anciens croyaient encore aux légendes, cependant aucun métamorphe qui se respectait ne croyait au destin. Plus à l'heure actuelle.

Il l'avait appris à ses dépens et il n'était pas prêt à perdre de nouveau son cœur... ou sa tête.

Sauf que… merde! Cette femme mystérieuse appelait son âme et il venait de la border dans son lit. Pire, il lui avait promis que tout irait bien. Des années plus tôt, il s'était juré de ne rien promettre à personne, sauf peut-être à ses frères d'armes à qui il avait juré de surveiller les arrières comme s'il s'agissait des siens. Comment allait-il réussir à s'assurer qu'elle aille bien sans s'impliquer?

Il jeta un nouveau regard en arrière… Mauvaise idée, car une mèche de cheveux bruns était tombée sur le visage de Nina et il avait envie de la repousser. Il se hâta donc et se traîna dehors en passant par derrière. Il referma la porte et s'appuya contre le battant comme s'il y avait un loup à l'intérieur du cottage qui essayait de sortir, et non un loup à l'intérieur de son propre corps qui le suppliait d'y retourner. Lorsqu'il repéra les yeux, il avisa la ligne courbe d'une constellation. Le Scorpion. Si ce n'était pas le signe qu'il devait se montrer prudent, qu'est-ce que c'était?

Oublie le Scorpion. Les anciens Hawaïens l'appelaient le grand hameçon de Maui, souffla son loup. *Le hameçon que le dieu a utilisé pour faire émerger ces îles de la mer.*

Oui, bon. Il allait quand même veiller à ne pas se mettre dans le pétrin. Maintenant qu'il s'était lancé dans cette histoire et qu'il avait fait une promesse, il tiendrait parole. Il jeta un coup d'œil par-dessus son épaule vers son propre bungalow, usé par les intempéries. Ce qui ne tarda pas à le faire grimacer. Il avait beau être adulte, il vivait toujours dans ce qui n'était guère plus qu'une cabane de plage. Il avait à peine trois chiffres sur son compte en banque. Même si la belle inconnue était sa compagne, qu'avait-il à lui offrir à part deux planches de surf et les trésors usés qu'il trouvait dans le sable?

On a le meilleur point de vue sur Maui, tenta d'argumenter son loup, qui n'avait pas très bien compris.

Boone soupira en regardant le clair de lune danser sur la mer. Super! Il avait un panorama et pas grand-chose qui témoignait de ses trois décennies d'existence, à part de nombreuses cicatrices, internes comme externes.

— Hé, l'appela une voix basse.

Boone se retourna vivement, avant de se détendre. C'était Hunter, le seul ours de leur bande de soldats métamorphes qui faisaient de leur mieux pour mener une vie tranquille et honnête sur les rives sauvages du nord-ouest de Maui.

— Elle va bien ? demanda le grizzly en désignant le cottage d'un signe de tête.

Boone acquiesça.

— Pour l'instant, je pense que oui.

Hunter inclina la tête et resta sans rien dire pendant ce qui dura une éternité ; les ours mettaient une éternité à ordonner leurs pensées en mots. Il finit par demander :

— Et toi ?

Boone aurait voulu s'esclaffer et lâcher quelque propos désinvolte. Bien sûr. Pourquoi ça n'irait pas ? Bordel, son pouls battait encore à toute allure et sa peau le picotait toujours de son contact avec cette femme.

Nina. Elle s'appelle Nina, dit son loup.

Il aurait pu se plaquer les mains sur les oreilles, mais à quoi cela aurait-il servi ? Son loup avait succombé. Il devait se fier à sa moitié humaine, plus rationnelle, s'il voulait résister à l'inexplicable attraction qu'exerçait sur lui la femme qui dormait pour l'instant dans son lit.

— Je vais bien. Tout est au poil.

Hunter s'abstint de commenter.

— Silas est de retour. Tu dois lui en parler, tu sais.

Boone resta parfaitement immobile pendant quelques secondes, puis s'intima l'ordre de se détendre. D'accord, Silas était rentré de la soirée chic à laquelle il participait. Ce n'était pas un problème, si ?

Pourtant, il prit une profonde inspiration et donna un coup de pied dans la poussière avant de lever les yeux vers le manoir construit comme un nid d'aigle à flanc de colline. Ils étaient tous égaux ici, lui et les autres métamorphes installés à Koa Point. Il était le seul loup ; Hunter, le seul ours, et Cruz, le seul tigre dans un groupe hétéroclite qui en était venu à former un corps d'armée d'élite, au prix de beaucoup de sang, de sueur et de larmes. Malgré leurs différences, toutes les épreuves du feu qu'ils avaient traversées les avaient liés comme des frères. Chacun d'eux avait ses forces et quelques faiblesses soigneusement dissimulées, et aucun ne se plaçait au-dessus des autres.

Sauf Silas, le métamorphe dragon qu'il allait devoir affronter pas plus tard que tout de suite. Il avait été le chef de leur unité top secrète dans les forces spéciales. Sous ses ordres, leur bande d'individualités en était venue à former l'équipe parfaite, dont les membres se vouaient au service de leur pays dans des opérations confidentielles à l'étranger. Maintenant qu'ils étaient revenus à la vie civile, Silas n'était plus le supérieur de personne, du moins au sens strict du terme. Mais les vieilles habitudes avaient la vie dure et tous continuaient à traiter le dragon comme un chef de meute. Silas était aussi celui qui les avait réunis, quelques mois après leur départ de l'armée. Des mois durant lesquels chacun d'eux avait eu du mal à trouver sa voie, jusqu'à ce qu'il les invite dans cette cachette hawaïenne idyllique.

« Voici le plan », avait-il expliqué. « Je nous ai obtenu un contrat de gardiennage dans un domaine incroyable. On formera une agence exclusive de détectives privés et gardes du corps. On choisira les affaires qu'on aura envie de traiter. On gagnera beaucoup d'argent. On vivra la belle vie. Peut-être même qu'on regardera de temps en temps le soleil se coucher ou d'autres choses que font d'ordinaire les civils. »

Ils en avaient tous ri, même si cela avait justement été le nœud du problème de leur transition vers la vie civile. Qu'allaient-ils faire ensuite, exactement ? Peu d'entre eux avaient une famille ou un groupe auprès duquel retourner. Aucun d'entre eux n'avait vraiment d'autre plan à part se retirer des guerres qui avaient volé bien trop de vies innocentes.

Silas ayant le projet et les relations nécessaires, les clients avaient afflué d'entrée de jeu et ils avaient tous signé. Le travail leur procurait juste ce qu'il fallait de la sensation de vivre sur le fil du rasoir qui leur manquait à tous. Dans l'ensemble, cependant, la vie était facile. Peut-être trop facile, songeait Boone. Chacun avait son propre espace tout en gardant le lien avec les autres. Une bande de frères qui se comprenaient mieux que personne de l'extérieur ne l'aurait pu.

Son esprit revint soudain vers Nina, et son loup poussa un cri perçant. Nina était quelqu'un de l'extérieur, elle aussi.

Il secoua la tête et se tourna vers Hunter.

— Tu es occupé, ce soir ?

L'ours haussa les épaules. Comme tous les ours, ce grand gaillard parlait autant avec des gestes qu'avec des mots.

— Tu pourrais garder un œil sur ma maison ? demanda Boone.

Heureusement pour lui, c'était Hunter en face de lui et non un des autres. Ils se seraient tous lancés dans un interrogatoire visant à découvrir pourquoi Boone se souciait autant d'une femme qu'il connaissait à peine.

Parce qu'elle pourrait être ma compagne, voilà pourquoi.

Cette pensée fusa dans son esprit. C'était une bonne chose qu'il ne l'ait pas énoncée à haute voix.

Hunter acquiesça, ne laissant à Boone d'autre choix que de se rendre chez Silas. Le domaine de Koa Point s'étendait à flanc de colline, depuis la plage privée où il avait trouvé Nina en passant par l'*akule hale*, leur salle de réunion, pour atteindre une falaise escarpée à cinq cents mètres à l'intérieur des terres. Tout à l'heure, il avait à peine remarqué la pente, même avec Nina dans ses bras. Désormais, ses pas étaient lourds et tristes. Le petit ruisseau à côté du sentier bouillonnait aussi joyeusement que d'habitude, comme si de rien n'était. La montée s'accentuait et le chemin se poursuivait en une série de marches de pierre qui le menèrent vers une fissure dans les falaises. Son loup intérieur s'agita, le suppliant de lui accorder un peu de temps pour grimper et jouer. Il adorait bondir par-dessus ces rochers quand il en avait le loisir.

Pas maintenant, mon pote, murmura-t-il à sa bête intérieure. *Pas maintenant.*

Des lumières d'appoint brillaient à côté des marches, éclairant le chemin qui montait vers la maison du propriétaire du domaine. Un humain aurait pu surnommer la structure audacieuse « le nid d'aigle » ou « le belvédère », toutefois Boone savait ce dont il s'agissait vraiment. La tanière d'un dragon. Et même si les autres et lui confieraient leur vie à Silas, pénétrer sur son territoire obligeait toujours Boone à redresser les épaules et à prendre une grande inspiration. Tout l'endroit exsudait d'un pouvoir et d'une autorité que même un métamorphe loup rechignerait à défier. C'était une sacrée bonne chose que Silas fasse partie des gentils.

Boone s'avança sur la terrasse la plus basse de l'immense édifice qui s'élevait sur plusieurs étages, puis s'éclaircit la gorge.

Une forme sombre et menaçante se tenait au bord de la plateforme, les yeux tournés vers la mer. Même quand Silas avait sa forme humaine et portait un costume sur mesure, il ne fallait pas beaucoup d'imagination pour le visualiser en dragon soufflant le feu, s'envolant avec ses immenses ailes au cuir tanné. Ou bien virevoltant pour cracher du feu sur Boone quand il aurait entendu la nouvelle qu'il avait à lui annoncer.

— Qu'est-ce que c'est que cette histoire de femme? demanda-t-il sans se retourner.

Sa voix était basse et ferme. Impossible de déchiffrer ce qu'il pensait, comme toujours.

Boone se balança d'un pied sur l'autre.

— Elle s'est échouée sur la plage, à peine consciente. D'après ce qu'elle prétend, quelqu'un a essayé de la tuer en la jetant d'un bateau.

Lorsque Silas se retourna, la lumière du patio mit en relief les traits de son visage. Même avec son nœud papillon défait, il paraissait aux aguets, en alerte.

— Quelqu'un a essayé de la tuer, répéta-t-il d'un ton neutre.

Oui, ça avait l'air fou. Mais Boone avait vu la peur dans les yeux de Nina et la bosse sur son crâne.

— Elle avait l'air à moitié morte, c'est une certitude.

Le dragon l'étudiait si attentivement que Boone avait du mal à rester immobile.

— Qui est-ce? demanda-t-il enfin.

Boone se mordit la lèvre. « Elle ne se souvient pas... » En dépit de son exactitude, cette réponse aurait paru bancale. Il avait vu son visage se décomposer pendant qu'elle fouillait dans ses souvenirs, et ses yeux s'étaient emplis de larmes quand elle avait réalisé qu'elle ne savait pas.

— Elle ne se souvient que de son prénom. Nina.

Son loup se mit à ronronner en répétant son prénom.

Nina. Nina. Nina.

Silas haussa un sourcil.

— Elle ne se souvient pas ?

Merde, il détestait quand le dragon lui renvoyait ses propres mots. Il haussa les épaules.

— Je la crois.

Silas se renfrogna.

— Elle pourrait très bien feindre l'amnésie.

— Pourquoi ferait-elle une chose pareille ?

— On ne sait jamais, répondit-il, une note d'amertume dans la voix.

Boone s'abstint de commenter. Ils avaient tous deux été trahis par le passé, cependant contrairement à Silas, lui n'en voulait pas à toutes les femmes de la planète. Pourtant, il préféra garder le silence.

— Où est-elle maintenant ? demanda le dragon après une longue pause.

— Elle dort.

— Où ? grogna-t-il.

Boone veilla à réprimer tout tremblement dans sa voix avant de répondre.

— Chez moi.

Saine et sauve, dans mon lit, bourdonna son loup intérieur.

Les sourcils fins et arqués de Silas tressaillirent légèrement et il se renfrogna encore.

Boone fit le dos rond, résolu à tenir bon. Lorsqu'on l'avait invité avec les autres à rejoindre cette équipe de détectives privés/gardes du corps à Hawaï, ils avaient tous accepté de ne pas fréquenter d'humains sur l'île, et en particulier de ne pas ramener des femmes sur le domaine.

Il voulait rassurer son frère d'armes, mais tint finalement sa langue, car les mots auraient eu le goût amer du mensonge.

C'est peut-être ce qu'il croit, grogna son loup. *C'est ce que je veux, moi.*

Boone serra les poings si fort que ses ongles lui entaillèrent la paume.

Ce n'est pas du tout ce qu'il croit.

Silas secoua la tête.

— Elle ne peut pas rester ici. Pas d'humains. On était d'accord. Tu étais d'accord.

C'était avant que je rencontre Nina.

— Quelle que soit la nature de ses ennuis, on ne doit pas s'en mêler, continua-t-il.

Boone se doutait bien que Silas allait réagir ainsi. Proposer ses services à des clients fortunés était une chose. S'impliquer dans la vie des gens de l'extérieur était tabou pour tous les métamorphes. Moins ils se mélangeaient avec les humains, mieux c'était pour eux tous. Ils devaient protéger le secret de leur existence.

— Tu insinues que j'aurais dû la mettre dehors ? riposta-t-il.

L'espace d'un instant, l'expression de Silas sembla répondre que oui, néanmoins il avait bon cœur, même si juste un peu blasé. Il fit une grimace et agita la main d'impatience.

— Amène-la chez les flics dans la matinée. Laisse-les s'en occuper.

Les sonnettes d'alarme se mirent à retentir dans l'esprit de Boone et son loup se cabra.

Elle est en danger. On ne peut faire confiance à personne.

Son loup secoua la tête.

Pas même aux flics.

C'était une intuition qui n'avait pas de base rationnelle. Putain, il n'avait aucune explication logique à l'instinct protecteur qui déferlait sur lui et le submergeait à chaque fois qu'il pensait à Nina.

Pourquoi pouvons-nous protéger de riches clients, mais pas elle ? insista son loup.

Il s'obligea à rester calme et à compter jusqu'à cinq. Les clients étaient des clients. Ils allaient et venaient.

On ne peut pas laisser partir Nina ! cria son loup.

Il secoua la tête. Il n'allait pas se disputer avec son loup... ni avec Silas.

— Je dois prendre un vol tôt demain, donc à toi de t'en occuper, poursuivit ce dernier.

Le loup de Boone gronda.

Je vais bien m'occuper d'elle, oui.

Mais c'était quoi, cette histoire de vol ? Sa confusion dut se manifester sur son visage, parce que Silas le transperça d'un regard sévère.

— Je vais à Phoenix. Tu te rappelles ?

Boone se ressaisit rapidement. Quand son esprit n'était pas obsédé par Nina, oui, il se rappelait. Silas se rendait en Arizona, où il devait retrouver Kai et Tessa. Kai était un dragon, le cinquième membre de leur groupe de métamorphes, et Tessa était la compagne de ce dernier. Avec Silas, ils espéraient retrouver le trésor volé des années plus tôt par leur ennemi juré, Damien Morgan, et enquêter sur les liens de ce dernier avec Drax, un puissant seigneur dragon. Boone avait eu envie de faire partie de la mission... jusqu'à maintenant.

— Peut-être que Nina se réveillera et se souviendra de tout, suggéra-t-il.

— Peut-être. Quoi qu'il en soit, laisse les flics s'en occuper. À la première heure demain matin.

Ses paroles sonnèrent comme un verdict définitif, un coup de marteau pour mettre un terme à l'affaire de Nina... Et un rejet. Boone se tourna vers les escaliers, comprenant le message.

— Boone ?

La note d'avertissement dans la voix du dragon l'arrêta net. Il pivota lentement.

— Oui ?

— Souviens-toi. On ne s'implique pas.

Il opina du chef.

Bien sûr. Je ne m'implique pas.

Toutefois les mots sonnaient creux, même dans son esprit.

Chapitre 4

Au début, Nina dormit d'un sommeil profond et sans rêve, complètement déconnectée du monde extérieur. Mais survint ensuite une phase d'agitation où des cauchemars affluèrent pour griffer les limites de sa conscience. Des images surgirent dans son esprit : le visage d'un homme, déformé par un rictus menaçant. Une longue allée bordée de palmiers. Le paysage d'un rivage tropical, s'éloignant de plus en plus à mesure que sa panique grandissait. Soudain, elle se retrouva précipitée dans la mer, cherchant en vain à s'agripper à quelque chose pour rester en vie. Une rame s'abattit sur elle, fendant l'eau près de son oreille.

— Non ! cria-t-elle en se redressant, avant de retomber dans le lit.

Elle eut besoin d'une minute, peinant à reprendre son souffle, avant de réaliser que tout cela n'avait été qu'un mauvais rêve. On ne l'attaquait pas à nouveau, elle ne faisait que revivre son souvenir.

Elle demeura immobile, écoutant la rumeur de la nuit. Des sons apaisants comme les murmures des insectes, le bruissement des buissons et le ressac des vagues sur une plage. Des sons qui lui disaient que tout allait bien, qu'elle pouvait se rendormir.

Lentement, elle se recoucha sur l'oreiller. Son épaule lui faisait mal et son oreille l'élançait. Bien que ses yeux soient fermés, des larmes s'en échappaient, et elle serra fort le tissu sous sa main.

— Au secours, chuchota-t-elle.

Ça n'avait pas de sens d'appeler à l'aide, mais elle n'arrivait pas s'en empêcher. Elle ne s'était jamais sentie aussi malheureuse ni aussi seule.

— À l'aide, s'il vous plaît, croassa-t-elle.

Elle se prit à souhaiter retourner en enfance. Sa mère, dans la chambre voisine, allait accourir d'un instant à l'autre.

Sauf qu'il n'y avait personne. Rien d'autre que le bruit de la mer et ses propres sanglots, causés en partie par la terreur, en partie par la profonde tristesse qui s'était implantée depuis quelque temps dans son cœur. Sa mère était morte. Elle était partie. Même sans souvenir précis de l'événement, Nina le savait.

Reprends-toi, se répéta-t-elle. Mais elle n'y arrivait pas. La nuit était propice aux larmes, parce que personne ne pouvait vous voir. C'était le moment de se recroqueviller et de tout expulser, qu'il s'agisse de la solitude, de la peur et de l'anxiété, afin que le lendemain, on soit en mesure de puiser en soi de quoi sourire et avoir l'énergie d'affronter de nouveau le monde.

Ça va aller, se dit-elle en se caressant les bras.

Elle pouvait se permettre une petite dépression après avoir vu la mort de si près, non ?

Oui, tout à fait. Et chaque fois que le jour revenait, elle reprenait ses habitudes. Enthousiaste. Ouverte. Gaie.

Pour l'instant, cependant... les émotions la submergeaient. Elle éprouvait un sentiment accablant de tristesse. Le pressentiment qu'une terrible trahison s'était produite. Une détermination profonde à ne pas laisser la vie l'abattre. Elle renifla dans son oreiller, sachant qu'elle ne devait pas s'apitoyer sur son sort.

« Le bonheur est une recette qu'on crée avec tous les ingrédients que la vie nous offre. » C'était ce que sa mère avait toujours répété. Mais merde, que cette recette était difficile à composer dans le noir.

Les rideaux dansaient au gré de la brise nocturne. Ses yeux papillonnaient, trop fatigués pour s'ouvrir et pourtant trop agités pour se refermer sur le sommeil. Avant que ses paupières ne s'affaissent à nouveau, elle entrevit un rayon de lune qui scintillait sur la mer. Ça ne pouvait pas être réel. La scène était trop enchanteresse, trop paisible. Elle faisait trop « paradis tropical » pour être réelle.

Elle dériva de nouveau, terrifiée à l'idée que le cauchemar revienne. Et, lorsque des pas martelèrent les marches du porche, sa poitrine se serra avant même qu'elle n'ouvre les yeux.

Un chien se tenait sur le seuil de la porte, regardant à l'intérieur. Il gémissait et remuait la queue.

— Bon chien, chuchota Nina, qui se détendit à nouveau.

Les chiens étaient comme ça, ils percevaient votre douleur. Elle n'avait jamais eu d'animal de compagnie, toutefois ses voisins possédaient un gros chien de berger à poil long et elle avait pris l'habitude d'enfouir le visage dans sa fourrure chaque fois qu'elle se sentait mal. Aujourd'hui même, si elle avait eu l'énergie de se traîner hors du lit, elle aurait adoré serrer le gros animal qui se trouvait sous l'auvent. Car s'il paraissait intense, il semblait également amical. Un ami, pas un ennemi.

Le chien traversa la terrasse, les oreilles aux aguets. Mince, il était énorme! Mais ce constat la rassura, car cette bête ne laisserait passer personne. Elle le vit au frémissement de sa truffe, à sa queue en alerte. Elle était en sécurité et elle n'était pas seule. Pas avec lui, immobile comme une statue. Un garde. Sa sentinelle à elle toute seule.

Ses paupières se refermèrent et elle ne les rouvrit pas, laissant le chien chasser ses derniers cauchemars. Elle rabattit la couverture sur sa tête et se roula en boule.

Tout ira bien. Tout va bien se passer.

∞∞∞∞

Lorsque Nina se réveilla plus tard, la lumière du matin lui chauffait le dos et un oiseau chantait dans les parages. Les vagues bourdonnaient en s'élevant, puis conversaient avec les galets en retournant vers la mer. Les feuilles effleuraient les fenêtres et l'odeur de l'hibiscus était omniprésente.

Elle devait rêver, car la réalité ne s'approchait jamais de ce genre de paix. La réalité était faite de sonneries de réveil, de dettes écrasantes et de rues bondées. La réalité, c'était la douleur de perdre un être cher et la fatigue d'avoir passé trop d'heures debout. La tristesse de se réveiller seule, jour après jour.

« Le truc, dans la vie, c'est de tirer le meilleur parti de ce que l'on a. Même les millionnaires ont des problèmes, tu sais. »

Nina sourit dans les draps alors que la voix de sa mère retentissait à son esprit. Sa mère avait raison, bien sûr. Il y avait de la beauté dans les choses du quotidien, comme partager un sourire, même avec un inconnu ; se réveiller pour entamer une nouvelle journée et reprendre sa routine.

Elle garda les yeux fermés, déterminée à vagabonder dans son rêve aussi longtemps qu'elle le pourrait. Pourtant, même si ses sens s'éveillaient un à un, le sentiment onirique demeurait. L'odeur d'huile de coco et d'air salin lui chatouillait encore le nez. L'océan continuait à murmurer non loin de l'endroit où elle se trouvait. L'air parfumé apaisait sa peau, et la lumière lui caressant le dos lui donnait l'impression d'être un chat enroulé pour une sieste, sur le rebord d'une fenêtre.

Elle ouvrit un œil, puis l'autre, et cligna plusieurs fois. Qu'allait-il se passer si elle bougeait ? Les élancements de sa tête reviendraient-ils ? La nausée ? Lentement, elle tenta de se focaliser sur la table de chevet. Pas de réveil dessus, juste une coquille de conque plus grande que son pied. Elle regarda autour d'elle. Où se trouvait-elle ?

Les rideaux battaient paresseusement devant les fenêtres et les portes grandes ouvertes, le tissu tanguant sous la brise marine. Des bouteilles colorées étaient alignées sur les poutres qui bordaient les murs rustiques du cottage, réfléchissant la lumière en minuscules rayonnements verts, bruns et rouges. Il y avait aussi des cailloux et des coquillages : en somme, les trésors de quelqu'un qui aimait ramasser des objets sur les plages. Le calendrier accroché au mur avait les bords tout cornés et en plissant les yeux, elle vit qu'il datait de plus de deux ans. Celui qui habitait ce cottage l'avait probablement gardé pour la carte détaillée, imprimée en son centre, plutôt que pour se repérer dans le temps. Tout le bungalow était à cette image : un endroit lumineux et ensoleillé qui refusait toute emprise du temps. Avait-elle dormi longtemps ? Elle n'en avait aucune idée, pas davantage d'ailleurs que de la façon dont elle était arrivée là.

Soudain, les rouages de son esprit se remirent en marche

et tout lui revint. Le bel inconnu qui l'avait serrée dans ses bras. La voix douce et profonde qui lui avait souhaité bonne nuit. Les bras forts qui lui avaient communiqué un incroyable sentiment de sécurité après le cauchemar qu'elle avait vécu.

Elle se redressa en serrant les draps.

— Oh, merde !

Quelqu'un avait essayé de la tuer au milieu de l'océan. Se tâtant le crâne, elle trouva la bosse. Elle avait réussi à nager jusqu'au rivage, dans les eaux peu profondes où elle aurait fort bien pu se noyer si son chevalier en armure étincelante n'avait pas surgi.

Boone. C'était son nom. Elle s'en souvenait clairement. Il s'appelait Boone, et elle...

Elle serra encore les draps, car à part « Nina », son esprit était vide.

Elle s'agenouilla et s'enveloppa de ses bras pour se balancer tranquillement. C'en était fini de la sensation de paix ; désormais elle n'éprouvait plus que de l'effroi. Les images de son foyer, son véritable foyer, lui traversaient l'esprit dans une course effrénée, et elles n'avaient rien de paisible. Il faisait froid, pour commencer. Un froid hivernal, avec de la neige à pelleter et de la glace à éviter sur le long chemin jusqu'à l'arrêt du bus qui la conduirait au travail.

Au travail... Merde ! Elle devait être incroyablement en retard, bien qu'elle ne se rappelle ni où elle travaillait ni quel était ce travail, à l'exception de l'image d'un homme joyeux, grand, et le tintement d'une cloche au-dessus d'une porte. Où que soit sa maison, elle devait se trouver à des kilomètres.

Elle se leva rapidement, ignorant les douleurs qui fusaient dans tout son corps, et se dirigea vers la carte accrochée au mur. Une carte essentiellement verte avec une bordure bleue et une île à deux lobes dont des lettres joyeuses comme on en voyait dans les dessins animés indiquaient le nom. *Maui.*

Elle regarda dehors et vit la mer bleu argenté encadrée de palmiers. Comment était-elle arrivée à Maui ? Malgré le vide immense dans son esprit, elle était sûre d'une chose : les gens dans son genre ne se rendaient pas à Hawaï, parce qu'Hawaï était une destination vraiment très lointaine et vraiment très chère. Elle pourrait tout aussi bien se trouver dans un casino à Monte-Carlo ou dans un complexe hôtelier de luxe à Bali.

Pourtant, gros coup de chance, elle se trouvait bel et bien à Hawaï. Ou alors son esprit était complètement dérangé.

Elle s'appuya contre la charpente ouverte des murs, puis se saisit d'un morceau de verre dépoli rouge qu'elle tint en face de soleil : mieux valait qu'elle se concentre sur quelque chose de petit. La couleur qui se déversait à travers le verre lui faisait penser à la vie. Au sang. Au feu. Ce verre était rouge comme un rubis, et bien que le rouge soit la couleur du danger, il produisait un effet apaisant sur son âme.

— Comment vas-tu ?

Elle avait légitimement le droit de hurler en entendant cette voix qui sortait de nulle part, pourtant elle s'en abstint ; cette voix lui donnait l'impression d'être en sécurité. Protégée. Chérie, même. Preuve supplémentaire, si c'était nécessaire, que le coup qu'elle s'était pris sur la tête avait eu des effets néfastes.

Elle se tourna et adressa un signe de tête à Boone, qui se tenait sur le seuil de la porte.

Sa dernière heure de sommeil avait été hantée par les images d'un homme trop bon pour être vrai, et malgré tout, il était là, en chair et en os. Ses yeux étaient aussi bleus que le ciel, son sourire sincère, sa voix emplie de sollicitude, comme la nuit précédente quand il l'avait portée jusqu'ici.

Elle sentit son sang se mettre à pulser, et son cœur à tambouriner. Son esprit s'emballa.

— Euh... Je vais bien, croassa-t-elle de sa voix rauque.

Il inclina la tête.

— « Bien » ? répéta-t-il. C'est vrai ou c'est juste une façon de parler ?

Elle s'esclaffa. Nombreuses avaient été les fois au cours de sa vie où elle avait menti en répondant à cette question ; malgré ses trous de mémoire, ça, elle le savait. Pourtant, cette fois, elle était sincère.

— Je me sens vraiment bien, murmura-t-elle, soudain consciente du peu de vêtements qu'elle portait et du fait qu'elle s'était blottie contre son torse la nuit précédente.

La chair de poule la fit se frotter les bras. Sa peau la démangeait. Son haut de maillot de bain, raidi par le sel, avait au moins l'avantage de cacher la façon dont ses tétons s'étaient dressés en réaction à la présence de Boone. Elle avait les cheveux plaqués sur le crâne comme des algues séchées.

— Je prendrais bien une douche.

— Une douche, répéta-t-il en la regardant. Tu es incroyable. Après tout ce que tu as vécu...

Elle le regarda fixement. Elle n'était pas incroyable. Elle était juste elle. Banale.

La façon dont il secoua la tête lui suggéra qu'elle était tout sauf ordinaire et ils restèrent à se dévisager pendant une bonne minute, soudain coincés dans le temps. Le bruit des vagues s'atténua, tout comme le bruissement des feuilles, et Nina ne put s'empêcher de se pencher. L'électricité frappa l'air et des vagues de chaleur invisibles rebondirent entre leurs deux corps. Cet homme était-il un magicien ? Pourrait-il lui jeter un sort et faire d'elle sa marionnette ?

Mais Boone se penchait lui aussi, avec des yeux aussi rêveurs que les siens. Quelle que fût cette magie, elle agissait sur tous les deux, tourbillonnant, créant une petite bulle de chaleur, de paix et d'énergie positive. Elle sentit son rythme cardiaque ralentir et quelque chose se coinça dans sa gorge, le désir ardent de quelque chose, qui lui manquait sans qu'elle sache quoi.

Soudain, une mouette cria au-dessus de leurs têtes et leur bulle éclata.

— Oh ! s'exclama Nina alors que les événements de la nuit précédente lui revenaient en mémoire. Tu m'as sauvée.

Il secoua la tête.

— Tu t'es sauvée, toute seule. Je n'ai fait que te sécher.

Elle déglutit. Il n'y avait pas un soupçon d'impertinence dans ce commentaire, pourtant elle sentit son pouls s'emballer à cette idée.

Il passa une main dans ses cheveux ébouriffés et soudain, elle fut mortifiée.

— Tu m'as laissé ton lit ? Je suis vraiment désolée. Où as-tu dormi la nuit dernière ?

Il regarda par la porte d'entrée et huma la brise exactement comme l'avait fait le chien de son rêve.

— Ça m'allait très bien, ne t'inquiète pas pour ça. Tu as bien dormi ?

Elle hocha la tête ; ces petits mouvements rapides et saccadés valaient mieux que la vérité.

Oui et non. J'ai fait les rêves les plus étranges. D'abord, quelqu'un essayait de me noyer de nouveau, puis un énorme chien est venu monter la garde auprès de moi.

— Tu as un chien ? demanda-t-elle en regardant dehors.

Ce chien lui avait semblé si réel...

— Non, pas de chien.

Ses lèvres esquissèrent un mouvement. Il allait ajouter quelque chose, elle en était sûre, mais se ravisa. Il finit par s'éclaircir la gorge et changea de sujet :

— Je me disais qu'un déjeuner ne te ferait peut-être pas de mal...

Nina ouvrit la bouche. Un déjeuner ? Avait-elle vraiment dormi aussi longtemps ?

Boone indiqua un endroit dans son dos.

— Tu préférerais probablement prendre ta douche d'abord ?

Une douche serait le paradis, ou aussi proche que possible du paradis qu'elle venait juste de visiter, dans cette bulle où il n'y avait qu'elle et lui.

— Je ne dirais pas non, admit-elle en regardant autour d'elle.

Le petit bungalow était un grand espace ouvert flanqué d'une minuscule salle de bains, sans cuisine... ni douche. Boone franchit la double porte d'entrée, dont les deux battants, grands ouverts, offraient à l'intérieur du cottage un air aussi frais et spacieux que la plage. Elle s'engagea sur le perron qui en bordait la façade pour examiner son environnement du haut de ses quatre marches. Un hamac rayé était accroché aux colonnes du porche, ainsi qu'un ancien flotteur de pêche en verre. Un sentier dallé menait à la plage qui ne se trouvait qu'à quelques pas seulement. Un support en bambou sur la gauche abritait deux planches de surf et une serviette blanchie par le soleil.

— La douche est juste là. Je t'ai apporté une serviette pro-pre, murmura-t-il avec soudain l'allure d'un tout petit garçon.

Elle s'en empara, tout en se demandant s'il avait vraiment rougi. Mon Dieu, qu'il était mignon, à la fois mignon comme une créature digne de figurer sur un poster et mignon comme un chiot, même si elle aurait été bien en peine d'expliquer exactement comment les deux parvenaient à cohabiter.

Elle suivit l'endroit qu'il lui montrait. Sur le côté droit de la maison se dressait un mur de pierre ombragé par des plantes luxuriantes aux grandes feuilles lustrées. Quelque chose d'argenté scintillait et elle s'approcha. Était-ce vraiment... ? Waouh ! C'était vraiment une douche. Une magnifique douche en plein air qui promettait de faire disparaître la moitié de ses soucis dès l'instant où elle y entrerait.

Boone marmonna quelque chose à propos de l'intimité et se précipita vers la plage, se gardant bien de se retourner vers elle. Nina le suivit des yeux une seconde, pensive. Cet homme était avant tout un inconnu. Allait-elle vraiment lui faire confiance pour ne pas l'espionner ?

Il se tenait face à la mer et la robustesse de ses épaules expri-mait la même chose que celle de son visage, la nuit précédente : un homme de parole, protecteur. Un qui ne vous trompait pas.

Elle se mordilla la lèvre tout en le regardant. La douche était à moitié dissimulée par le feuillage. Et si elle se lavait vite...

Elle ouvrit le robinet et passa la main sous le jet d'eau pour tester la température : elle était tiède et douce, beaucoup plus douce que l'eau salée incrustée sur sa peau. Elle dénoua son haut de bikini, ôta le bas, et entra dans la douche. Le pommeau était si énorme qu'on avait l'impression de se trouver sous la cascade d'une île paradisiaque. Et mince, ça faisait du bien, encore plus que de dormir dans l'immense lit de Boone. Le léger contact de ses mains sur son corps était également réconfortant, même si la partie coquine de son esprit lui soufflait toutes sortes de mauvaises idées, comme lui proposer de lui frictionner le dos. Et le ventre aussi.

Il pourrait me laver des pieds à la tête, suggéra sa diablesse intérieure.

Au loin, Boone donna un coup de pied dans le sable et s'éclaircit la gorge. Nina se réprimanda, projetant des éclaboussures partout alors qu'elle essayait de remplacer ces pensées indécentes par des sujets plus innocents, comme la chance qu'elle avait d'être en vie. Boone n'en avait pas soufflé mot, mais la bosse sur sa tête lui rappela que quelqu'un avait essayé de la tuer la nuit précédente.

Peu à peu, le savon nettoya sa peau, et bien davantage. Le shampoing parfumé à la vanille ressemblait à de la soie liquide dans ses cheveux. Quand elle sortit de la douche et s'enveloppa dans la serviette moelleuse, elle se sentit à nouveau humaine. Prête à affronter les rudes épreuves de la vie.

— Tu es prête ? lança Boone, toujours tourné vers la plage.

— Oui.

Il fit volte-face et revint d'un pas tranquille.

— Parfait. Je vais juste te...

Sa voix s'éteignit à mesure qu'il s'approchait et ses yeux se rivèrent aux siens. Et... le phénomène se reproduisit, la bulle magique qui se refermait, les éloignant du monde. Ses yeux émettaient un rayonnement indigo, et même si Nina devinait qu'il s'agissait sans doute d'un jeu de lumière, elle était hypnotisée. Ces yeux étaient si profonds, si honnêtes. Si avides de quelque chose.

Une goutte d'eau tomba de ses cheveux sur sa gorge avant de glisser lentement entre ses seins. Nina sentit la chaleur de son corps grimper d'un cran, chacune de ses respirations devenant plus profonde, plus lente. Plus lourde même, comme si une grande vérité était sur le point de lui être révélée. Les mots se précipitèrent dans son esprit, alors qu'aucun d'eux n'avait de sens et qu'elle n'avait pas émis le moindre son.

— Boone ? Tu viens ?

Une voix avait retenti au loin, les obligeant tous deux à se retourner vivement. Boone se secoua un peu avant de répondre :

— J'arrive tout de suite.

Nina remonta la serviette jusqu'à son menton pour se cacher comme l'aurait fait une écolière timide. Tant mieux, au fond, car elle n'avait pas été loin de la laisser tomber et d'inviter

Boone dans ses bras. Merde, qu'est-ce qui clochait chez elle ? Et lui, qu'est-ce qui lui arrivait ? Sous son allure décontractée et facile à vivre, il n'était que pure intensité. Une puissance brute et animale qui l'appelait, elle, corps et âme.

— Je vais te chercher une chemise, marmonna-t-il en passant devant elle pour monter les quatre marches.

Elle se sécha rapidement et renfila son bikini. C'était tout ce qu'elle avait, et soudain, elle se sentit plus lasse et plus seule que jamais. Soudain Boone jaillit du bungalow, animé d'une nouvelle énergie de chiot. Il brandissait un T-shirt bleu et le paréo imprimé hawaïen qui drapait un peu plus tôt le canapé qu'elle avait vu à l'intérieur.

— Qu'en penses-tu ? Je me suis dit que tu serais plus à l'aise avec ça qu'avec mes autres tenues. À moins que tu aimes les shorts treillis.

Le côté animal de Boone avait disparu : il était maintenant un surfeur au grand sourire et au regard malicieux. Il lui fit un clin d'œil, tout en calant un pouce dans la poche de son propre short treillis.

— Je pense que c'est plus mon style, confirma-t-elle en enroulant le paréo autour de sa taille.

Elle attrapa ensuite le T-shirt. Comme il était de trois tailles trop grand, elle en entortilla le bas qu'elle noua sur le côté.

— Je pense aussi, marmonna-t-il.

Ses yeux se détournèrent avant de revenir sur elle, puis de s'éloigner de nouveau, comme s'il appréciait vraiment ce qu'il voyait. Et quand elle passa les doigts dans ses cheveux pour les arranger,, il hocha la tête comme s'il contemplait une reine de la mode ou une princesse, et non pas une naufragée.

— C'est l'heure du déjeuner. Tu as faim ? murmura-t-il tout bas.

Affamée, ronronna sa voix intérieure.

Elle tenta de bouger les lèvres à plusieurs reprises.

— Un peu, répondit-elle enfin, réussissant à paraître désinvolte malgré la chaleur qui envahissait ses joues.

Boone sourit, et lorsqu'elle plongea dans le bleu éclatant de ses yeux, elle se sentit à la fois perdue et retrouvée, une fois de plus.

Chapitre 5

Nina suivit Boone sur un chemin sinueux qui longeait des pelouses bien entretenues alternant avec des zones de végétation dense. Elle était pieds nus et c'était agréable de marcher sur l'herbe luxuriante et souple. Un ruisseau gargouillait quelque part au loin et un papillon jaune voletait au-dessus de fleurs rouge vif.

— Hibiscus, murmura Boone.

Sans qu'elle sache trop pourquoi, elle rougit. Tous les parfums, les couleurs et les sons éveillaient ses sens, et l'énergie qui l'avait désertée la veille était revenue. Boone y était aussi pour quelque chose si son esprit s'était ranimé et qu'elle avait retrouvé le sourire.

Elle aperçut un toit qui dépassait derrière une haute haie, une autre habitation sur ce qui paraissait être un vaste domaine, ainsi qu'un carré de ciment dont le centre affichait un grand « H » peint au milieu. Un héliport ?

— Tu vis ici ? s'écria-t-elle en regardant autour d'elle.

Bien sûr qu'il vivait ici. Mais la propriété semblait trop grande et trop soignée pour un homme comme lui. Si le bungalow de plage tout simple lui allait comme un gant, le reste de l'endroit ne paraissait pas lui correspondre.

Boone s'esclaffa.

— Quoi ? Je n'ai pas l'air d'un play-boy millionnaire qui possède un domaine en bord de mer ?

— Non, répondit-elle sans réfléchir, avant de rétropédaler à toute allure. Je veux dire, ce n'est pas que… euh…

Il lui offrit un large sourire.

— Ne t'inquiète pas. Je prends ça comme un compliment.

Nina se rendit compte qu'elle souriait elle aussi, et ils tournèrent ensuite sur le chemin pour déboucher sur un grand bâtiment aux murs ouverts, au milieu d'une pelouse soigneusement tondue. Elle s'immobilisa.

— Je me souviens de cet endroit, marmonna-t-elle.

Boone acquiesça avec empressement.

— Oui, tu étais ici, hier soir. Des souvenirs plus lointains te sont-ils revenus ?

Elle ferma les yeux. Si seulement ce pouvait être le cas ! Mais les seules informations que son esprit lui délivrait n'étaient que des images d'elle en train de nager frénétiquement pour sauver sa vie, ou alors des souvenirs beaucoup moins récents, comme quand elle s'asseyait avec sa mère sur leur canapé élimé, mais douillet, pour lire *Ranelot et Bufolet*. Un sourire doux-amer se dessina sur ses lèvres.

— Rien ? insista Boone.

— Rien.

Elle secoua un peu la tête. Pourquoi ne se souvenait-elle de rien ?

— Ce n'est pas grave, murmura-t-il pour lui faire sentir qu'elle n'était pas un cas désespéré. Ça va aller. Manger un peu devrait te faire du bien.

Il continua à avancer.

— Voici notre *akule hale*, autrement dit notre lieu de rassemblement.

Elle le suivit vers le bâtiment. Pourvu qu'elle n'ait pas à affronter quelqu'un d'autre pour le moment. Marcher pieds nus à côté de Boone était facile et confortable, mais à la pensée que quelqu'un la voie, elle s'inquiéta de son allure. De ses cheveux, de son visage et... oh, bon sang, de la pathétique impression qu'elle avait dû produire la nuit précédente.

— Les autres seront-ils là ?

Il dut percevoir de l'angoisse dans sa voix, car il posa une main rassurante sur son épaule.

— Ne t'inquiète pas, dit-il en pénétrant dans l'ombre du bâtiment. Silas est parti tôt ce matin, et les autres gars... Ils aboient, mais ne mordent pas. Salut, Hunter.

Un grand type costaud aux cheveux bruns et à la barbe bien taillée se leva prestement et répondit d'un hochement de tête.

Des manières à l'ancienne, songea Nina. Cette pensée la réchauffait.

— Comment vas-tu ? demanda-t-il toujours aussi poliment, et presque timidement.

— Je me sens beaucoup mieux, merci, répondit-elle, se tournant vers un deuxième homme alors que Boone se dirigeait vers la cafetière.

Hunter la mit immédiatement à l'aise. En revanche, le deuxième homme fronça les sourcils. Pas aussi grand, mais tout en muscles noueux, le dénommé Cruz avait des yeux vert-jaune qui transpercèrent les siens.

— Est-ce qu'elle se rappelle quelque chose ? grommela-t-il.

Il avait parlé comme si elle n'était pas là, ou comme si elle n'était rien de plus qu'un morceau d'épave échoué sur la plage.

Nina baissa les yeux. Ce n'était pas si éloigné de la vérité. Et il était probablement juste grincheux parce qu'elle avait interrompu leur soirée de la veille. Oui, c'était sa faute à elle, pas celle de cet homme.

Mais Boone sembla moins compréhensif face à l'impolitesse de son ami. Il s'approcha de lui, le regard meurtrier.

— Hunter, tu peux montrer à Nina ce que nous avons pendant que je discute avec Cruz ?

Nina se mordilla la lèvre. Son expression n'indiquait nullement qu'il avait simplement l'intention de « discuter ». Cruz avait l'air aussi ombrageux et dangereux que lui tout à coup, et elle craignit une bagarre.

Hunter la dépassa plus vite qu'une personne de sa taille aurait dû pouvoir le faire ; il s'interposa entre les deux amis qui se dressaient l'un devant l'autre, le poil hérissé et grognant comme deux bêtes sauvages.

— Bien sûr, déclara-t-il, d'une voix à la fois douce et puissante. Parlez, vous deux. Allez-y.

Il insista sur le dernier mot et leur intima de sortir sous le soleil de midi.

Nina resta là, à se mordiller la lèvre, mais Hunter se contenta de soupirer.

— Ne t'inquiète pas pour eux. Viens manger.

À contrecœur, avec un dernier regard par-dessus son épaule, elle le suivit jusqu'à la partie cuisine de leur vaste espace de vie. Il y avait un salon meublé de plusieurs canapés, une salle à manger avec une table assez grande pour accueillir dix personnes, et un coin lecture où elle brûlait d'envie de se pelotonner.

— Sers-toi, continua Hunter en lui montrant le réfrigérateur pendant qu'il allait lui chercher une assiette dans un placard.

L'endroit ressemblait à une grande garçonnière et Nina prit son courage à deux mains avant de jeter un œil dans le réfrigérateur. Qu'allait-elle y trouver ? Des bocaux de cornichons et des canettes de bière ? Contre toute attente, les étagères regorgeaient de plats bien rangés et de produits frais ; tellement qu'elle ne savait pas par où commencer.

Sa surprise dut se voir, car Hunter gloussa.

— Tessa nous a fait promettre de bien manger pendant son absence.

— Qui est Tessa ? se hâta-t-elle de demander, soudain avide de compagnie féminine.

— C'est une dra...

Il laissa sa phrase en suspens et embraya sur une autre.

— C'est la compagne de Kai. Une cheffe cuisinière. Ils sont... en lune de miel pour quelques semaines.

Elle n'y avait jamais pensé auparavant, mais bordel, quand on vivait à Hawaï, on pouvait passer sa lune de miel chez soi.

Lune de miel... Un sombre souvenir submergea son esprit, trop rapidement pour qu'elle puisse l'en empêcher.

— Tu veux que je te prépare aussi un sandwich ? demanda-t-elle, résistant au frisson qui l'envahissait.

Hunter acquiesça avec empressement.

— Laisse-moi deviner. Du jambon et du fromage avec de la moutarde et un peu de miel, suggéra-t-elle.

Il resta bouche bée.

— Je suis douée pour les devinettes.

Le sourire qui s'était dessiné spontanément sur ses lèvres devint une grimace quand elle réalisa ce qu'elle venait de dire.

Comment savait-elle ce pour quoi elle était douée ? Cela avait-il à voir avec un hobby ou avec ce qu'elle faisait dans la vie ?

— Hé, murmura Boone en arrivant derrière elle. Tu as trouvé quelque chose qui te fait envie ?

Le son de cette voix arrêta net la sensation qui lui tordait les tripes et repoussa ses interrogations sur ce qui n'allait pas chez elle.

Elle hocha la tête, faute de se faire confiance pour formuler une phrase, et commença à sortir de la charcuterie, des condiments et de la salade. Elle tenta de deviner ce qu'aimait Boone.

— Du rosbif, ça te tente ?

Il opina du chef, l'aidant à préparer les aliments. Elle remarqua que Cruz gardait ses distances à présent. Il l'observait depuis la périphérie de la pièce, comme un lion en cage. Il y avait quelque chose de résolument félin dans sa façon de marcher : une puissance, une masculinité, une frustration refoulée. Elle détourna rapidement le regard. Pourquoi avait-elle le sentiment que chaque homme ici avait un côté caché, sauvage ? En plus d'un passé douloureux rempli de regrets, même si chacun le dissimulait. Y compris le taciturne Hunter, le plus grand et le plus silencieux du groupe, qui portait en lui un soupçon de tristesse.

Elle étala généreusement de la moutarde sur le pain que Boone lui avait passé et ajouta plusieurs tranches de salami.

— Qu'est-il arrivé au rosbif ? demanda-t-il en haussant un sourcil.

Elle lui désigna le deuxième sandwich, celui avec un supplément de tomate.

— C'est le tien. Celui-ci est pour Hunter et celui-là pour lui. Cruz, c'est ça ?

Elle prononça son nom gaiement. Ce qui s'était passé entre les deux hommes était sa faute et elle voulait tenter de faire la paix avec lui.

— Tu aimes le salami ?

Tapi dans l'ombre, il lui lança un regard noir, puis lui adressa un petit signe de tête.

— Parfait, murmura-t-elle joyeusement comme s'il lui avait fait un compliment.

Certains mecs étaient juste grincheux, et les petits gestes faisaient leur petit effet, même s'ils ne le laissaient pas paraître tout de suite. Comment le savait-elle ? Elle l'ignorait, en fait, mais d'une manière ou d'une autre, elle était certaine que c'était vrai.

Ils se regroupèrent tous autour du bar de la cuisine et se régalèrent de leur déjeuner ; même Cruz qui s'était perché sur un tabouret à une extrémité. Nina savoura chaque bouchée de son sandwich à la dinde et se délecta des bruits de mastication satisfaits autour de la table. Elle était affamée et ces hommes aussi, semblait-il.

— Vous mangez comme une meute de loups, les gars, plaisanta-t-elle.

Boone s'étouffa avec son sandwich et Hunter, tout en adressant un immense sourire à Nina, tapota le dos de son ami.

— On peut dire ça comme ça, approuva-t-il.

— Super sandwich, répliqua Boone sans parler de ce qui l'avait perturbé.

Même Cruz sembla étouffer un petit gloussement et elle se demanda ce qu'elle avait dit de si drôle. Quoi qu'il en soit, l'atmosphère de la pièce se détendait et c'était agréable. Elle se leva pour aller chercher la cafetière et remplir toutes les tasses.

— Je te ressers ? demanda-t-elle à Hunter.

— Oui, merci.

Elle hocha la tête et poussa le sucre et le lait vers lui.

— Passe le lait à Boone quand tu auras fini.

— Waouh, murmura ce dernier en posant la main sur sa tasse.

— Tu n'en veux plus ?

— Si, mais comment savais-tu que je prenais du lait et pas de sucre ?

Elle haussa les épaules, ce qui déclencha un élancement douloureux dans son articulation.

— Je t'ai déjà vu faire tout à l'heure. Hunter prend les deux, toi seulement du lait, et Cruz boit son café noir. Je me trompe ?

Ils la regardèrent tous pendant une seconde avant que le visage de Boone ne se fende d'un large sourire.

— Je vis avec ces crétins depuis des années et ils ne se souviennent toujours pas de la manière dont je prends mon café.

— Comme si tu te souvenais de la façon dont je prends le mien, répliqua Hunter.

Ils ricanèrent, cependant Nina tiqua légèrement au mot « se souvenir ».

— Il suffit de prêter attention aux petites choses, j'imagine.

Boone lui remonta le moral d'un large sourire et d'un clin d'œil.

— En y repensant, je ne me souviens même pas de leur anniversaire.

Nina sourit et s'assit sans rien dire, espérant que son propre anniversaire allait lui revenir à l'esprit. Mais trois dates différentes flottaient dans ce brouillard et aucune ne semblait être tout à fait la bonne. Il y avait cependant au moins ça : la zone vide se remplissait lentement de vagues formes, sons et émotions. Peut-être que si elle s'accordait quelques jours de plus, sa mémoire lui reviendrait.

Elle regarda autour d'elle. Avait-elle seulement quelques jours devant elle ? La laisseraient-ils rester ici ? Ne manquerait-elle pas à sa famille pendant son absence ?

Elle avala la fin de son sandwich avec une longue gorgée de café, essayant de chasser le léger sentiment de n'avoir personne à qui elle manquerait.

— Alors, qu'est-ce qu'on fait maintenant ? murmura-t-elle en regardant Boone.

Il sourit.

— Maintenant ? Eh bien, Cruz fait la vaisselle...

L'intéressé marmonna quelque chose dans sa barbe, cependant Boone se contenta de rire.

— Et toi et moi, on va en ville pour enquêter sur ce qui se passe.

— Hé, intervint Hunter. Silas n'a pas dit d'enquêter. Il a dit d'aller à la police.

Boone se leva, tirant doucement Nina par la main.

— Quelqu'un a essayé de la tuer. Quelqu'un qui pense probablement qu'elle est morte. Et continuer à faire la morte est plus sûr que de s'afficher bien en vie, tu ne crois pas ?

Nina ne savait pas quoi penser ; elle comprenait juste qu'un frisson glacial lui descendait le long du dos. Quelqu'un avait essayé de la tuer. Avait-elle fait quelque chose d'affreux pour mériter ça, ou s'agissait-il d'une terrible erreur ?

Hunter semblait sceptique, mais Boone la tira par le bras.

— On ira trouver la police après. Mais ça ne pourra pas nous faire de mal de regarder dans le coin d'abord, pas vrai ?

Une partie de sa réponse s'adressait à son camarade, mais la seconde était adressée directement à Nina, qui réussit à acquiescer.

— Tout à fait.

— Attendez. Par où vous allez commencer ? demanda Hunter. Vous avez besoin d'un plan.

— Arrête de faire ton our…

Boone s'interrompit en toussant.

Un ours ? songea Nina en riant. Oui, Hunter était bel et bien un homme-ours.

Le concerné lança un regard d'avertissement à son ami, cependant le sourire que ce dernier lança à Nina était sincère. Plein de sollicitude.

— De quoi te souviens-tu ?

Elle se mordilla la lèvre. Il était gentil de façon à ne pas souligner qu'il y avait des choses qu'elle ne se rappelait pas. Ce qui était beaucoup. Elle bégaya et fit de son mieux pour répondre, néanmoins son esprit continuait à lui opposer des vides, et sa langue fourchait sur la manière exacte de traduire ce flou en mots.

— Tu pourrais identifier les hommes qui t'ont poussée du bateau ? demanda Boone.

Elle ferma les yeux et entrevit, l'espace d'un flash, un visage étrangement familier. Il était là, tout à coup, ricanant dans sa mémoire, et une seconde plus tard, le visage de son futur assassin avait disparu.

Elle secoua la tête.

— Non. Je ne pense pas.

— Et le bateau ? Était-ce un runabout ? Un yacht ? Un bateau de pêche sportive ?

Ils la regardaient, avides de réponses, mais bon sang, elle ne savait même pas distinguer l'avant de l'arrière d'un bateau. Comment pourrait-elle décrire une embarcation dont elle ne se rappelait que des bribes ?

— Ne t'inquiète pas, murmura Boone. Je suis certain que tu te souviendras quand tu tomberas sur quelque chose qui te ravivera la mémoire. On va commencer par la marina.

Hunter n'avait pas l'air convaincu, toutefois Boone était tellement sûr de lui, ou plutôt sûr d'elle, que son attitude lui donna confiance à son tour.

— D'accord, murmura-t-elle, les genoux pourtant vacillants.

— On ne sera pas longs, promit Boone aux autres.

Il se leva et la prit par la main.

Il l'emmena loin du bâtiment et remonta une longue allée sinueuse jusqu'à ce qui ressemblait à une écurie, mais qui était en réalité un garage rempli de voitures exotiques. Nina écarquilla les yeux lorsque Boone la fit passer devant une Ferrari, une Jaguar de collection, une Land Rover et une Mercedes classe S, toutes astiquées jusqu'à étinceler encore plus fort que le soleil. Qui était le propriétaire de cet endroit ? Et laquelle était la voiture de Boone ? Elle l'avait imaginé dans un pick-up cabossé avec une planche de surf sur le toit, mais quand il tourna à gauche, sous la dernière arcade du bâtiment tout en longueur, elle repéra une moto. Une grosse Harley noire.

Elle ralentit un peu, soudain sceptique.

— Et s'ils me voient ?

« Ils », c'étaient les hommes qui avaient essayé de la tuer, et Boone sembla le comprendre, car il prit sa main tremblante dans la sienne.

— Personne ne pourra te voir, d'accord ?

Il lui tendit un casque dont la visière était teintée. Elle hocha la tête, sans pour autant bouger.

— Personne ne te verra, Nina. En revanche, j'espère que toi, tu verras quelque chose qui réveillera des souvenirs.

Elle déglutit.

— Et si ça ne marche pas ? Qu'est-ce qui va se passer, dans ce cas ?

Il pinça les lèvres, ravalant la réponse qui les avait presque franchies.

— Si tu préfères aller directement chez les flics, je peux t'y emmener. C'est toi qui décides où on va.

Elle n'en avait aucune idée. Elle savait seulement qu'elle voulait rester près de lui. Moins par peur des individus qui se trouvaient dans les parages qu'en raison du sentiment envahissant que sa place était à ses côtés. Comme si le destin l'observait à ce moment précis et lui adressait un signal puissant dans le dos de Boone.

Ce type. Crois-moi, reste avec ce type.

Elle déglutit. Pourquoi était-ce la seule chose qui lui apparaissait clairement ?

Boone attendait tranquillement, les yeux étincelants d'espoir.

— Pas les flics, murmura-t-elle. Pas encore.

Il lui adressa un sourire si large, si ensoleillé, qu'elle sourit elle aussi.

— On va faire le tour de la ville et déterminer la marche à suivre. Je te promets de prendre soin de toi, murmura-t-il, rendossant son rôle de soldat.

Elle n'avait jamais été du genre à avoir besoin qu'on s'occupe d'elle, mais à ce moment précis, ses paroles lui communiquèrent la confiance dont elle avait besoin. À tel point qu'elle se hissa sur la pointe des pieds et déposa un baiser sur sa joue. Juste un baiser rapide et chaste, malgré tout son cœur bondit dans sa poitrine.

Boone cligna des yeux, parfaitement immobile, à l'exception d'une veine qui pulsait dans son cou.

— Merci, murmura-t-elle.

— De quoi ? demanda-t-il d'une voix sourde.

— De m'avoir aidée. Pour tout.

Il se mordilla la lèvre et ses yeux parurent briller. Elle sentit son cœur battre plus vite, car ils glissaient tous les deux à nouveau dans leur bulle. Soudain, il se ressaisit et hocha la tête.

— Pour toi, Nina, je ferais n'importe quoi.

Il lui embrassa les doigts en fermant les yeux, les maintenant pressés sur ses lèvres. Nina ferma également les siens, savourant ce sentiment de connexion, de confiance. Elle avait été seule pendant très longtemps ; ça, c'était parfaitement clair dans son esprit, même si les circonstances ne l'étaient pas. Bizarrement, ce parfait inconnu lui donnait l'impression d'être un ami pour la vie.

— Prête ? chuchota-t-il.

Elle hocha la tête. Boone l'aida à enfiler le casque de moto. Ses gestes étaient tendres et délicats, et lorsqu'elle l'eut bien en place sur sa tête, il repoussa les cheveux égarés sur sa joue pour les rentrer soigneusement à l'intérieur.

— On est bons, dit-il d'une voix qui lui paraissait lointaine à cause du casque.

Dès qu'il eut abaissé sa visière, un voile gris s'abattit sur son champ de vision. Elle se sentit d'autant plus en sécurité.

Boone enfila le sien, sortit la moto du garage et l'enfourcha. Sur un signe de tête, elle s'approcha sans hésitation et se blottit derrière lui comme s'ils avaient déjà fait de la moto ensemble des dizaines de fois.

— Prête, murmura-t-elle en s'accrochant à sa taille.

Chapitre 6

Au moment où Nina s'installa derrière lui, le loup intérieur de Boone hurla. Un sacrément bon hurlement, comme il en poussait lorsque la lune était haute et la vie simple et agréable. Si agréable qu'il se devait de la célébrer par un long cri de joie lupin, comme celui qu'il s'était obligé à ravaler la nuit dernière, quand il avait jeté un coup d'œil et vu Nina dans son lit.

Merde! Quand avait-il eu envie de hurler de joie pour la dernière fois? Il y avait des années. Une décennie, peut-être, bien avant qu'il ne s'engage dans l'armée. Avant qu'il ne quitte le sud-ouest. Avant que Tammy ne lui piétine le cœur.

— Tout va bien? demanda Nina d'une voix douce et délicate, voyant qu'il ne démarrait pas sa moto.

Il était trop occupé à digérer cette sensation nouvelle et à se demander ce qu'elle pouvait signifier.

— Super, murmura-t-il en mettant le moteur en marche.

Dès qu'il se fut rassis sur le siège, il démarra en cherchant à se persuader que ce trajet ne différerait en rien de tous ceux qu'il avait déjà effectués.

Bien sûr, ironisa son loup. *C'est ça. Juste une bonne vieille balade avec notre compagne. Ça arrive tous les jours.*

Il inspira profondément, ce qui ne fit que resserrer la prise de Nina autour de sa taille. Et ça, c'était agréable. Aussi agréable que quand elle lui avait souri, ce matin.

Ce trajet fut finalement une succession de premières fois, à commencer par le fait que l'agent Meli, la femme flic qui surveillait toujours ce tronçon de l'autoroute Honoapi'ilani et l'arrêtait chaque fois pour une raison ou une autre, s'en abstint cette fois-ci. C'était presque devenu un jeu entre eux, mais il n'avait pas le temps de jouer aujourd'hui. Pas avec Nina à préserver de tous les regards. Il veilla donc à rouler cinq kilomètres à l'heure en dessous de la limite autorisée et à circuler en ligne droite au lieu de slalomer sur le terre-plein central. Le plus drôle, c'était le fait que conduire en respectant le Code de la route ne lui apparut même pas comme une torture, pour une fois. Peut-être parce que Nina était là, lui procurant toute la joie dont il avait besoin.

Il jeta un coup d'œil à gauche au deuxième virage et, bien entendu, l'agent Meli se tenait là, avançant déjà sa voiture de patrouille. Mais elle freina rapidement, l'air surpris. Boone sourit.

Pas d'amende aujourd'hui. La situation était différente, ça oui. Le trajet était différent lui aussi. Comment se faisait-il qu'il n'avait jamais remarqué le bleu profond de la mer ou le riche parfum de la plantation de café en haut de la route ? C'était aussi la première fois qu'il faisait attention aux nids de poule, parce que Nina avait été traumatisée et qu'elle serrait encore ses bras autour d'elle avec incertitude. Moins il la secouait, mieux c'était.

Tu as raison. Elle n'aime pas être secouée, convint son loup comme s'il savait déjà tout sur elle.

Boone ricana, mais son loup insista.

On sait les choses qui importent.

Il devait rendre justice à son animal. Il ne savait peut-être pas grand-chose sur Nina, malgré tout il semblait savoir ce qu'il fallait. Elle était sincère. Elle prenait soin des autres avant de prendre soin d'elle-même, comme elle l'avait fait au déjeuner. Elle n'était pas riche, ni encline à critiquer les autres. Et elle n'était certainement pas du genre à faire des balades à l'arrière de la moto du premier venu.

Il grimaça. Nina ne savait même pas qu'elle circulait à moto avec un métamorphe et c'était bien la seule chose qui gâchait la bonne humeur de Boone. Il avait l'impression d'être un menteur, à cacher ainsi la vérité sur qui il était. Mais il pouvait difficilement balancer d'un seul coup : « Nina, il y a quelque chose que tu dois savoir sur moi ». Par où commencerait-il ?

« Non seulement je suis un métamorphe loup, mais je suis aussi un paumé total qui n'a pas réussi à remonter la pente ces dernières années. Hunter dit que j'évite d'affronter mon passé et j'ai la lourde impression qu'il a raison. »

— Waouh ! s'écria-t-elle en désignant un point sur sa droite.

Il s'arrêta pour la laisser s'extasier devant une baleine qui émergeait au loin à la surface de l'eau. Après tout ce qu'elle avait vécu, elle méritait ce petit moment de joie et d'émerveillement.

— Il y a aussi un bébé ! s'écria-t-elle.

Cette exclamation plongea son loup dans des fantasmes d'un tout nouveau genre.

Des louveteaux. Avec Nina. Ce serait chouette, hein ?

Boone racla la terre avec sa chaussure et compta jusqu'à dix.

— Prête à repartir ? demanda-t-il une fois que les baleines mirent un terme à leur spectacle.

Nina poussa un soupir, un soupir profond et heureux, comme si les baleines lui avaient permis de se rappeler combien la vie pouvait être belle. Et il savait désormais une autre chose à son sujet : elle croyait au bien. À la joie de vivre. Il le voyait dans son sourire et son regard plein d'espoir.

— Prête, affirma-t-elle.

Boone reprit la route, essayant d'ignorer les émotions qui lui trottaient dans la tête. Il était censé l'aider à découvrir son identité et ce qui lui était arrivé, non pas penser à passer sa vie entière auprès d'une femme comme elle.

Un panneau indiquant le poste de police apparut au bord de la route, mais il ne ralentit pas. Silas voulait qu'il se débarrasse de son cas, sauf qu'il ne pouvait pas la traiter comme un chien perdu que l'on déposait au refuge pour animaux en espérant que cette pauvre petite chose s'en sorte au mieux. Son instinct lui soufflait que personne ne pouvait l'aider, et surtout, la protéger, aussi bien que lui.

— Ça va ? cria-t-il par-dessus son épaule quand elle resserra les mains assez fort pour lui couper le souffle.

— Euh... oui, marmonna-t-elle, bien que tout son corps soit crispé.

S'était-elle souvenue de quelque chose ? Il chercha dans les environs ce qui aurait pu la perturber. Un camion chargé d'ananas venait de les croiser, laissant planer un doux parfum dans son sillage. Ils venaient de passer devant les portes du Kapa'akea Resort, un hôtel luxueux en bord de mer, cependant il doutait que ce bâtiment soit la cause de son trouble. Elle n'était pas du genre chic ou prétentieux. C'était le camion, alors ?

— Tu en es sûre ?

Comme elle hochait la tête contre son dos, il s'abstint d'insister.

La circulation ralentit à l'entrée de la ville de Lahaina. Il devina qu'elle tournait la tête d'un côté et de l'autre pour profiter du spectacle du centre historique. Malgré sa dimension touristique, c'était un endroit ravissant, plein de boutiques sympathiques et de bâtiments centenaires, peints dans un blanc éclatant ou dans des tons bleus ou de verts brillants. Il avançait désormais à un rythme d'escargot pour qu'elle puisse en profiter, sachant qu'il n'allait pas tarder à y avoir des choses bien plus difficiles à affronter. Très bientôt, même.

Comme lorsqu'il coupa le moteur de la moto au bord de la marina. Nina avait dit qu'on l'avait jetée à la mer depuis un bateau, alors...

— Tu reconnais quelque chose ? demanda-t-il sans ôter son casque.

La Harley était parfaitement immobile, pourtant la jeune femme se cramponnait toujours à ses côtes.

— Un bateau dans ce genre, lâcha-t-elle d'une voix nerveuse. Blanc pour l'essentiel. Mais son nom était écrit en lettres d'or à l'arrière. Avec un « a » dedans. Quelque chose « d'anges »...

Agrippée à son bras, elle désignait un bateau de pêche sportive qui sortait du port. Il lui caressa la main en espérant pouvoir faire quelque chose pour qu'elle se sente à l'aise.

— C'est super. Des souvenirs te reviennent...

— Je ne suis pas sûre de le vouloir.

Boone connaissait ce sentiment. Certaines expériences étaient si pénibles qu'on ne voulait même pas y repenser. Sauf que s'il ne cherchait pas à déterminer qui en avait après elle et pourquoi, elle ne serait pas en sécurité.

— Hé, dit-il en se tournant vers elle. Un pas à la fois, d'accord ?

Ils étaient si proches que leurs casques se cognèrent. Si proches que son corps se réchauffa sous l'effet du désir. Elle avait les yeux grands et larmoyants d'un chien battu. Et sa poitrine se serra en la voyant aussi déstabilisée.

— Chaque chose en son temps, confirma-t-elle.

Il aurait aimé se promener sur les quais avec elle et vérifier les bateaux un par un, toutefois il pouvait difficilement obliger la victime d'une tentative de meurtre à déambuler longuement en public. Nina pourrait voir ses agresseurs, mais ils risquaient tout aussi bien de la repérer en premier.

— Pas de problème.

Il remit sa moto en marche.

— On va chercher tous les bateaux enregistrés sur Maui dont le nom contient « anges » et partir de là.

— Vous pouvez faire ça ?

Il tapota son portefeuille.

— Une licence de détective privé peut s'avérer bien utile.

Comme tous ses amis de Koa Point, il était titulaire d'un tel permis. Au début, ils plaisantaient là-dessus, se surnommant « Détective Dragon » ou « Détective Loup-Garou », comme tant de personnages de séries télé. Mais cette licence lui avait été utile pour certaines des missions qu'il acceptait de temps en temps.

Nina le dévisagea d'un air ébahi, et il ne put s'empêcher de se demander quel était son métier. Quelque chose impliquant le contact humain, c'était certain. Une profession où le sourire qui lui venait si facilement s'avérait utile, quand elle ne bataillait pas pour se rappeler qui avait essayé de la tuer. Était-elle enseignante ? Médecin ? Peut-être kinésithérapeute ? Mais pourquoi vouloir tuer une personne comme elle ? Elle était tellement normale. Douce. Gentille.

Quand il redémarra, elle se pressa contre son dos, déclenchant chez lui une dizaine de fantasmes enflammés. Si seulement les choses étaient différentes, il pourrait l'emmener en balade et elle glisserait peut-être ses mains plus bas, lui donnant l'indication subtile de ce dont elle avait envie. Il ferait rugir le moteur pour qu'elle éclate de rire et finirait par se garer sur un belvédère. Ils contempleraient la mer ensemble, puis se retourneraient et se regarderaient dans les yeux. Il l'imaginait en train d'enlever son casque et de libérer ses beaux cheveux. Soudain, en l'espace d'un battement de cœur, elle redeviendrait sérieuse et son regard se poserait sur ses lèvres à lui.

Embrasse-moi, chanterait son corps, appelant le sien.

Et merde, le corps de Boone vibrait déjà, regrettant que ce ne soit rien de plus qu'un fantasme.

Sauf que ça n'en était peut-être pas un, car les mains de Nina étaient vraiment descendues un peu plus bas et ses seins se plaquaient contre son dos. Il aurait juré que le cœur de sa passagère s'était mis à battre plus vite, et pas seulement à cause de leur trajet à moto. Il pourrait peut-être l'emmener jusqu'à une cascade secrète, où ils...

Une voiture klaxonna, le ramenant à la réalité.

Des recherches. On est en train de faire des recherches, se répéta-t-il. *Rien d'autre.*

Son loup grogna.

Mais oui, bien sûr. Rien d'autre.

Il se rendit jusqu'à Maalaea et fit même un détour par les montagnes de West Maui, espérant toujours que Nina désigne un point et s'écrie « *C'est ça! Je me souviens de tout maintenant!* ». Ou mieux encore, qu'elle lui demande de se garer sur le bord de la route pour qu'ils rejouent ensemble la scène qu'il avait imaginée bien trop clairement. Mais elle demeura parfaitement immobile et silencieuse, jusqu'à ce qu'il remonte la côte vers Koa Point. À ce moment-là, elle s'agrippa à sa taille et prit une profonde inspiration.

Il la regarda par-dessus son épaule, mais elle tournait la tête.

— Qu'est-ce qu'il y a?

Elle inclina la tête.

— Je ne suis pas sûre.

Boone jeta un coup d'œil dans son rétroviseur et décrivit une boucle pour suivre à nouveau la même portion de route, ralentissant lorsque les doigts de Nina se crispèrent sur ses côtes.

— Je connais cet endroit, dit-elle par-dessus le bruit du moteur.

Il ralentit et tourna la tête à droite.

— Tu en es sûre ?

Difficile de faire taire le scepticisme dans sa voix, car il s'agissait du Kapa'akea Resort, l'un des complexes hôteliers les plus chics de Maui. Peut-être *le* plus chic. Un endroit où les gens riches et célèbres jouaient au golf, célébraient leurs mariages et organisaient des fêtes extravagantes. Il y était déjà allé une fois pour y travailler comme garde du corps, et putain, il n'avait jamais vu autant de gens hautains de sa vie. À mille lieues du genre de Nina, à moins qu'elle n'ait travaillé pour l'équipe de restauration.

Une longue rangée de palmiers ondulants bordait l'allée et la courbe qui la terminait laissait les bâtiments hors de vue. Tout ce qu'il entrapercevait, c'étaient quelques parcours de golf impeccablement entretenus et un poste de surveillance au toit rouge.

— J'en ai la certitude, insista-t-elle en lui serrant étroitement les épaules.

Il y avait dans sa voix plus de peur que d'impatience.

Il effectua un nouveau demi-tour et s'engagea lentement dans l'allée menant au complexe hôtelier. Un type comme lui n'avait pas la moindre chance de passer le contrôle de sécurité, mais tant pis. Peut-être qu'en se rapprochant, Nina se souviendrait de quelque chose, ou en conclurait qu'elle se trompait d'endroit.

Un agent de sécurité rondouillard sortit du poste de surveillance, remonta son pantalon et désigna un panneau « Stop ». Il ne prit pas la peine de sourire et Boone remarqua le dédain qui s'était peint sur son visage.

Tu aurais dû prendre la Ferrari, grogna son loup.

— Je peux vous aider ? demanda le vigile quand un deuxième homme sortit.

Un type de grande taille. Du renfort, comprit Boone. Un gars prêt à aider son collègue si leurs invités inopinés levaient le petit doigt. Quelle infraction pensaient-ils qu'ils étaient sur le point de commettre ? Foncer sur portail avec la moto ?

Nina se pencha et ôta son casque pour mieux examiner l'endroit. Lorsque ses cheveux soyeux dégringolèrent en cascade sur son épaule, l'esprit de Boone se vida. Un vide aveugle et béat. Son odeur de chèvrefeuille mêlée de vanille le submergea et il fut sur le point de soupirer au lieu d'inventer une histoire pour expliquer au vigile ce qu'ils fabriquaient là.

Une explication superflue, car la mine sévère du garde disparut à la seconde où il avisa Nina.

— Oh ! C'est vous, mademoiselle.

Boone et Nina marquèrent un temps d'arrêt.

— C'est bon de vous revoir, mademoiselle, bégaya le grand en reculant.

Le type replet avait abandonné son air arrogant pour un ton geignard en un clin d'œil.

— Désolé, mademoiselle. Nous ne savions pas qu'il s'agissait de vous.

Boone jeta un coup d'œil à Nina par-dessus son épaule : elle avait l'air aussi choquée que lui. La connaissaient-ils ? Comment était-ce possible ?

L'un des vigiles s'écarta pendant que l'autre s'empressait de lever la barrière et ils se tinrent tous les deux au garde-à-vous, attendant que la moto passe.

Il aurait plutôt voulu dévisager Nina et lui demander si elle était une princesse ou quelque chose comme ça, mais c'était sa chance et il la saisit, s'engageant dans l'allée avant que les gardes n'aient le temps de se raviser.

— Qu'est-ce que ça signifie ? demanda-t-il tout en conduisant.

— Je n'en ai aucune idée, répondit-elle, plus secouée que jamais.

Il prit la courbe lentement, tout en essayant de réfléchir. Une dizaine de poneys s'élancèrent sur le terrain de polo qui bordait la route, faisant gronder la terre tandis que les cavaliers brandissaient leur maillet en poursuivant la balle. Instinctivement, il tendit un bras autour de Nina, comme si c'était de là que provenait le danger, alors qu'en réalité, il se trouvait dans ce qu'ils ne connaissaient pas.

Soudain, le complexe hôtelier apparut : un gigantesque bâtiment de six étages, dans le style hacienda. Un voiturier s'avança, la vue de la moto le faisant hésiter. Boone le dépassa pour aller se garer au bout du parking.

— Qu'est-ce qu'on fait maintenant ? demanda Nina en clignant des yeux.

Amusant, il s'apprêtait justement à lui poser cette question.

— Tu te souviens vraiment de cet endroit ?

Elle déglutit et hocha la tête.

— Je le connais. Ne me demande pas comment, mais je le connais. Ce voiturier s'appelle Toby, et les deux gars au portail étaient M. Pilger et M. Lee.

Elle connaissait le nom des membres du personnel ? Boone acquiesça lentement. Peut-être qu'elle occupait vraiment un poste dans l'équipe de restauration. Mais cela n'expliquerait pas pourquoi les gardes la traitaient comme une star de cinéma. Il était donc toujours aussi perplexe.

— D'accord, lâcha-t-il. On a deux options, à mon avis.

Elle fronça les sourcils, la mine inquiète.

— Première possibilité : on entre en propriétaires et on espère qu'ils ne remarqueront pas le bluff.

Nina ouvrit grand les yeux.

— Ou bien ?

— Ou bien on se tire d'ici et on fait des recherches depuis chez nous.

C'était l'option du lâche, il le savait, cependant les endroits prétentieux comme celui-ci ne lui convenaient pas le moins du monde. La dernière fois qu'il était venu ici, la veuve d'un magnat du pétrole, trentenaire et fabuleusement riche, avait essayé de l'attirer dans son lit. Devant son refus, elle avait grimacé et sorti une liasse de billets de cent dollars, comme s'il était un étalon à louer qui se mettrait à l'œuvre sur un simple claquement de doigts. Non merci !

Nina opina du chef, rapidement, comme pour conserver son sang-froid.

— Allons-y.

Elle descendit de moto avant qu'il ne puisse dire quoi que ce soit et passa les doigts dans ses longs cheveux brillants. Des cheveux qu'il brûlait de toucher. De caresser. De prendre dans son poing pour l'attirer à lui et l'embrasser.

Notre compagne, gronda son loup. *C'est notre compagne.*

Il déglutit pendant que Nina ajustait son paréo soulevé par le vent. Le cœur de Boone se mit à battre plus vite, énonçant la même pensée.

Notre compagne. Notre compagne prédestinée.

Il s'éclaircit la gorge et descendit lui aussi du siège, essayant de se reconcentrer sur l'affaire en cours. C'était risqué de la laisser être vue, mais elle avait raison. Ils feraient plus de progrès en suivant ce qui lui était familier dans cet endroit plutôt qu'en l'évitant.

Elle accrocha son casque au guidon et lui prit la main. Une seconde plus tard, comme si elle venait de réaliser ce qu'elle avait fait, elle baissa les yeux et murmura :

— J'espère que ça ne te dérange pas.

Il entremêla ses doigts aux siens. Ils s'emboîtaient parfaitement.

— Non. Ça ne me dérange pas du tout, répondit-il, essayant de la jouer décontracté.

Il y parvint presque, jusqu'à ce qu'il dérape et avoue :

— C'est plutôt sympa.

Un euphémisme monumental, car chacun de ses nerfs chantait de joie à son contact. Quand elle sourit, le sang de Boone ne fit qu'un tour.

— Tant mieux, lâcha-t-elle.

Main dans la main, ils se dirigèrent vers l'entrée, comme un couple de jeunes mariés heureux et non deux personnes qui venaient de se rencontrer. Toutefois, alors même que l'âme de Boone prenait son envol, ses espoirs s'évanouirent. Nina lui prendrait-elle la main et lui ferait-elle confiance si elle savait qu'il était à moitié loup ?

— Bonjour, mademoiselle, lança le voiturier avec un sourire sincère.

— Bonjour, Toby, répondit-elle alors qu'il lui tenait la porte. Merci.

Elle jouait bien son rôle, malgré tout elle se cramponnait si fort à sa main qu'il en grimaça.

Le vestibule était d'une blancheur éblouissante, avec plus de miroirs qu'au château de Versailles, et un lustre géant scintillait au-dessus de leurs têtes.

— Ah, mademoiselle. Quelle joie de vous revoir ! déclara un employé en uniforme à la seconde où ils franchirent la porte. Je ne vous avais pas vue vous absenter.

Boone scruta son visage, à la recherche d'un soupçon de malveillance, comme une lueur de déception dans son œil à la voir vivante, ou bien un poing serré qui suggérerait qu'il allait appeler immédiatement le chef de la mafia. Il ne détecta néanmoins rien de tel, si bien qu'il en conclut que l'homme était sincère.

— Oh, euh..., bredouilla Nina. Je suis partie de bonne heure.

Devant le regard méfiant qu'il lui jeta, Boone acheva de se rassurer sur son compte. Lui non plus n'aurait pas fait confiance à un type dans son genre accompagnant une fille comme Nina. Elle méritait mieux. Quelqu'un de plus riche. De plus ambitieux.

Elle mérite un compagnon dévoué. Un compagnon pour l'éternité, déclara son loup.

— Je vais chercher votre clé, annonça l'homme en se précipitant vers le bureau.

Nina s'en empara avec le même dédain que si elle avait accepté un rat tenu par la queue, et Boone ne l'en blâma pas. La situation devenait de plus en plus bizarre. Elle était donc une cliente de cet hôtel ?

Elle tripota la clé d'une main hésitante, une vraie clé à l'ancienne, pendant que Boone la guidait vers l'ascenseur, étudiant le hall de sa vision périphérique. Il y avait des caméras de sécurité subtilement placées dans chaque coin. Bénédiction ou malédiction ? Elles avaient peut-être saisi des informations sur les agresseurs de Nina, cependant elles le filmeraient lui également.

Elle le regarda, alarmée. « Et maintenant ? », semblaient dire ses yeux. Mais l'ascenseur avait aussi un groom qui sourit en pointant le doigt vers le haut.

— Le penthouse. C'est parti, mademoiselle.

Nina trébucha en entendant le mot « penthouse » et Boone dut l'attirer dans l'ascenseur en essayant de lui communiquer par la pensée l'idée qu'ils allaient y arriver.

Ils observèrent un silence gênant alors que l'ascenseur s'élevait, franchissant un étage après l'autre.

— Nous y voilà. Passez une bonne journée, annonça le groom lorsqu'ils parvenaient au dernier étage.

Les portes s'ouvrirent et Nina poussa une exclamation.

— Waouh !

Il la rappela à l'ordre d'un coup de coude, puis découvrit à son tour l'endroit où ils avaient atterri. Il faillit rester figé sur place lui aussi. « Waouh ! », effectivement.

Chapitre 7

— Waouh ! chuchota Nina pour la deuxième fois.

Elle fit deux pas pour sortir de l'ascenseur avant de s'arrêter et de regarder autour d'elle. Ils étaient entrés dans un grand vestibule avec une table ronde sur laquelle se trouvait un énorme bouquet de fleurs tropicales, et derrière s'ouvrait l'appartement le plus luxueux qu'elle ait jamais vu. Non pas qu'elle en ait vu beaucoup, mais elle avait feuilleté des magazines. Et, oh là là ! Cet endroit pouvait très bien sortir directement des pages consacrées à la vie de luxe.

Ce n'était pas un mur peint en bleu dans le fond : c'était le panorama visible depuis l'appartement. Une vue imprenable sur l'océan formait une bande turquoise qui longeait la vaste terrasse s'étendant sur toute la moitié gauche du dernier étage. L'intérieur était décoré de gris clair rehaussé de bordeaux, avec un écran géant intégré dans un mur et des peintures sur les autres. Ces toiles, grandes et vibrantes, auraient pu garnir une salle de musée. Un bouquet d'anthuriums et d'oiseaux de paradis, fraîchement cueillis et dont le parfum lui chatouillait le nez, décorait la table du hall d'entrée.

Elle se tourna vers Boone une fois les portes de l'ascenseur refermées.

— C'est vraiment ma chambre ?

— Ton penthouse, Nina.

Elle secoua la tête. Sa mémoire était pleine de trous, cependant elle était sûre de n'avoir encore jamais entendu son nom et « penthouse » dans la même phrase. Elle ne pouvait pas se permettre un endroit de ce genre.

C'était plus que grandiose, pourtant une partie d'elle avait envie de retourner en toute hâte au bungalow de plage de

Boone. C'était davantage son style. Douillet. À l'usure confortable. On s'y sentait chez soi.

— Attends, murmura-t-il en passant devant elle.

Il s'arrêta dans l'entrée, protégeant son corps du sien, puis traversa la pièce à grandes enjambées et ouvrit les portes, l'une après l'autre. En un clin d'œil, il était passé du rôle de jeune marié discret à celui de garde du corps en état d'alerte maximal. Ses mouvements étaient rapides et calculés, ses pas silencieux. Ses yeux vagabondaient partout, rappelant à Nina combien la vérité était laide. Quelqu'un avait essayé de l'assassiner, toutefois la tentative s'était produite sur un bateau. Boone pensait-il qu'elle était en danger ici aussi ?

Elle se rendit sur la terrasse et posa les mains sur la balustrade, ce qui, dans l'ordre des choses agréables, venait juste après le moment où elle avait étreint Boone sur la moto. La balustrade ne lui procura pas le même sentiment de sécurité, mais cela l'aida, un peu, alors que les doutes et les craintes la submergeaient de nouveau. Il devait y avoir une erreur. Elle n'avait jamais pris de vacances dans un complexe hôtelier de luxe comme celui-ci. Elle n'avait rien fait pour attirer les meurtres. Elle n'avait pas...

Fermant les yeux, elle chercha à combattre la panique. Elle était là pour tenter de se souvenir de quelque chose, autre chose que cette horrible nuit sur un bateau à moteur. Elle serra les dents, essayant d'être aussi professionnelle que Boone. Vingt minutes plus tôt, elle se perdait dans les rêveries où cet homme et elle s'embrassaient tout en retirant lentement leurs vêtements. À présent qu'elle regardait autour d'elle, la peur et l'anxiété étaient de retour.

La terrasse s'étendait comme le pont privé d'un bateau de croisière. À droite, il y avait un mur recouvert de lierre pour la délimiter du penthouse attenant. Sur la gauche, la terrasse tournait au coin du bâtiment et s'ouvrait sur un immense espace de vie extérieur avec des canapés, des chaises longues et un bar. Des plantes en pot aux feuilles énormes donnaient à la suite l'aspect d'une luxueuse cabane dans les arbres, grâce aussi aux gigantesques palmiers qui se balançaient au-delà, à hauteur d'yeux. Le panorama vue était époustouflant, des voiliers au mouillage au premier plan jusqu'à l'immensité du Pacifique, ce drap bleu interrompu seulement par la pente douce d'une autre île dans le lointain.

Une vue à en couper le souffle.

Elle renifla. Merde, et dire qu'elle avait failli ne plus avoir de souffle du tout !

Elle laissa son regard se poser sur chaque table, chaque étagère, tout en essayant de raisonner comme un détective. Si elle avait vraiment séjourné dans cette suite, elle n'y était pas restée longtemps, car l'endroit était pratiquement intact. Pas de livres de poche posés sur la table basse, pas de flacon de crème solaire près des chaises longues. Pas de chapeau, pas de serviette de plage. Rien.

— Nina, l'appela Boone à l'intérieur.

Il se tenait sur le seuil d'une chambre, les muscles tendus, et lorsqu'elle s'approcha, il lui prit la main et lui montra la pièce.

— Il n'y a personne ici, mais…

Elle jeta un coup d'œil à la chambre et poussa un cri. Les draps blancs du lit *king size* étaient emmêlés sur le sol, les oreillers jetés à travers la pièce. Des vêtements étaient éparpillés partout, tombés d'une valise renversée. L'endroit avait été saccagé.

— Tu reconnais quelque chose ? demanda-t-il.

Elle était sur le point de répondre par la négative quand un déclic se produisit dans son cerveau ; il n'en fallut pas plus pour qu'elle se ravise. C'était son short préféré. Cette chemise verte, elle avait été très fière de la dénicher dans une friperie pour quelques dollars seulement. Et l'ours en peluche marron en lambeaux, qui avait été jeté à l'envers près de la commode…

Poussant un cri, elle se précipita pour le serrer contre sa poitrine et le berça comme un bébé. Elle ferma les yeux une seconde trop tard et ne parvint pas à retenir ses larmes.

Boone la toucha doucement à l'épaule.

— Ça va ? murmura-t-il.

Elle secoua la tête. La réponse était-elle oui ou non ?

— Ma mère…

Elle buta sur les mots. Cet ours en peluche était le jouet d'enfance de sa mère, l'une des rares choses que cette dernière avait gardées pendant les cinquante-six années de sa vie. Nina l'avait sorti d'une vieille malle pour lui apporter à l'hôpital, un mois avant…

Elle déglutit. Un mois avant sa mort.

— On est en avril, n'est-ce pas ? chuchota-t-elle.

Boone ne répondit pas tout de suite ; sans doute pensait-il qu'elle était folle. Mais il finit par acquiescer.

Elle berça l'ours en peluche. Si on était en avril, cela signifiait que le mois de mai était proche, ainsi que le troisième anniversaire de la mort de sa mère. Pourtant, la douleur était aussi intense que le jour où elle avait tenu sa main pour la dernière fois.

« Tout va bien, ma chérie. Mon temps est écoulé, mais le tien vient juste de débuter. »

Ses mots résonnaient encore dans son esprit.

« Maintenant, tu peux vraiment vivre, et vivre libre. »

Nina sentit ses oreilles s'enflammer et une boule se former dans sa gorge. Elle n'avait pas vraiment exaucé cette dernière volonté, si ? Trop de dettes, trop de factures. Pourquoi en avait-elle autant ? Impossible de s'en souvenir. La réponse était encore enfouie avec le reste de ses souvenirs. Mais au moins, elle avait récupéré celui-ci.

Boone exerça une petite pression sur son épaule et s'éloigna, lui donnant l'intimité à laquelle elle aspirait. Une seconde plus tard, elle l'entendit parler doucement au téléphone.

— Hunter, écoute. J'ai besoin de Cruz et toi ici. Tout de suite.

Sa voix se fit moins audible, car il s'éloigna, et elle se laissa aller pendant un moment à ses souvenirs nouvellement retrouvés. De bons souvenirs, comme quand elle jardinait avec sa mère dans le mouchoir de poche qui leur servait de jardin. Des souvenirs tristes, comme quand elle devait lui faire la lecture à haute voix parce que la chimio l'avait si affaiblie qu'elle ne pouvait plus tenir un livre toute seule. Des souvenirs doux-amers, comme quand elles marchaient toutes les deux au bord d'un lac, bras dessus bras dessous, lors des bons jours.

D'autres se tapissaient au milieu de ceux qui la concernaient, toutefois Nina les repoussa. Elle en avait assez pour l'instant. Assez d'amour pour toute une vie et assez de chagrin aussi. Assez de sagesse dans l'écho des adages que sa mère avait aimés.

« N'attends pas un bon jour. Fais-en une bonne journée. »

« Le bonheur est une recette qu'on crée avec tous les ingrédients que la vie nous offre. »

« Tout grand voyage commence par un petit pas. »

Nina se ressaisit lentement et s'assit sur le bord du lit en s'essuyant les joues. Sa mère ne s'était jamais apitoyée sur son sort, elle avait toujours persévéré, envers et contre tout. Nina releva le menton et prit une grande inspiration. Il était temps de l'imiter.

Elle regarda son reflet dans le miroir. Elle était là, avec l'ours en peluche, dans une pose semblable à celle d'une photo qu'elle avait soudain désespérément envie de tenir : celle qui la montrait elle, vers l'âge de 4 ans, l'ourson sur ses genoux et sa mère l'étreignant par derrière. Une fillette habitée par tant de rêves, une mère animée par tant d'espoirs.

Un léger grincement attira son attention vers la porte et elle leva les yeux. C'était Boone qui inclinait la tête vers elle avec une expression interrogatrice : avait-elle besoin de lui ou préférait-elle rester seule un moment ?

Et aussitôt, les rêves de la fillette qu'elle avait été devinrent des espoirs de femme. Elle déglutit. Boone l'avait fascinée depuis le début. Et, tout comme la première nuit où il l'avait si doucement portée depuis la plage, son âme appelait cette de Nina. Elle n'avait jamais ressenti pareille sensation avec un homme. Elle n'avait jamais été aussi disposée à accorder si facilement sa confiance à qui que ce soit ni à se laisser ainsi rassurer. Et maintenant, elle avait besoin de lui. Sa mère lui avait appris à se tenir droite, mais bon sang, elle n'aurait rien contre une épaule sur laquelle s'appuyer.

Redoutant que sa voix la trahisse, elle fit signe à Boone de s'approcher. Il s'assit à côté d'elle sur le lit. Une version légèrement différente de lui, plus calme, plus sérieuse. Pas de sarcasme, pas de sourire charmeur. Juste ces yeux bleus sans fond, si incroyablement sincères. Il lui passa un bras autour des épaules, l'attira à lui et pressa les lèvres sur son front.

— Ça va ? murmura-t-il.

Elle s'essuya les yeux et hocha rapidement la tête. Oui, ça allait maintenant.

Il posa le menton sur son crâne et la tint serrée pendant trois bonnes minutes, sans dire un mot. Il sentait si bon qu'elle ferma les yeux et inspira, repoussant tout le reste. S'appuyer ainsi contre lui était si agréable qu'elle dut lutter contre l'envie de s'approcher encore.

Pourtant, elle connaissait à peine cet homme. Et qu'était-elle en train de faire, à sangloter dans ses bras ?

— Désolée, renifla-t-elle, s'obligeant à s'éloigner.

Elle croisa ses yeux dans le miroir.

— Les souvenirs, ce n'est pas toujours facile, murmura-t-il, comme s'il savait exactement ce qu'elle ressentait. Ce serait bien si on pouvait ne garder que les bons, hein ?

Son sourire faiblit un instant et il ferma les yeux. Quels étaient donc les chagrins qui l'habitaient ?

Une seconde plus tard, il s'éclaircit la gorge pour reprendre son attitude de soldat.

— Tu es en mesure de récupérer tes affaires ? Nous devons partir d'ici au plus vite.

Elle réussit à lui adresser un signe de tête hésitant. S'il pouvait cacher l'urgence dans sa voix, elle pouvait refouler sa peur. Parce que, tout à coup, elle était de retour à la réalité. Sa chambre d'hôtel, pardon, son « penthouse », avait été saccagé, probablement par ses assassins en puissance. Boone avait raison, il fallait décamper. Venir ici avait été un pari et il était temps de partir.

Elle le suivit quand il se leva, s'obligeant à enclencher la vitesse supérieure. Pendant qu'elle récupérait des vêtements et les fourrait dans un petit sac, Boone scrutait la suite comme un soldat qui occuperait une position entourée de tireurs d'élite ennemis.

— Tiens, dit-il en lui tendant le téléphone. Demande à l'accueil de laisser entrer Hunter et Cruz.

Elle passa un rapide coup de fil à la réceptionniste qui lui donna du « Mademoiselle » et répondit à chacune de ses requêtes par un « Bien entendu ». Merde, comment avait-elle fini dans un endroit aussi chic ? Au départ, elle s'était demandé s'ils ne l'avaient pas confondue avec quelqu'un d'autre, néanmoins l'ours en peluche avait prouvé qu'elle était vraiment une cliente de l'hôtel. Qui payait pour un tel luxe ? Que faisait-elle à Hawaï, si loin de chez elle ?

Elle cligna des yeux alors qu'un autre petit souvenir lui revenait. Le New Jersey. C'était là que se trouvait la petite maison avec les escaliers grinçants où elle avait vécu toute sa vie.

— Je suis presque sûr que tu n'as pas besoin de faire ton propre lit dans un endroit comme celui-ci, déclara Boone depuis le seuil.

Elle s'arrêta : elle n'avait même pas eu conscience de ce qu'elle était en train de faire. Elle continua pourtant. Au moins, les femmes de ménage ne penseraient pas qu'elle était une souillon. Et le rangement était sa façon à elle de reprendre le contrôle sur celui qui avait saccagé sa chambre. Quand elle eut fini, elle fourra soigneusement l'ours en peluche dans le sac à dos et revint dans le salon.

— Qu'est-ce que tu en penses ? demanda-t-elle dans un souffle.

Boone inclina la tête dans un sens puis dans l'autre.

— Ils cherchaient quelque chose. Peut-être qu'ils ne voulaient pas te tuer, mais plutôt mettre la main sur ce quelque chose.

Nina se creusa les méninges, essayant de repenser à ce que cela pourrait être. Soudain, la cloche de l'ascenseur tinta et Boone pivota pour faire face aux portes qui allaient s'ouvrir, non sans faire aussitôt passer Nina derrière lui, comme une armée qui ne compterait qu'un seul homme. Elle retint son souffle, s'attendant à voir surgir six assassins, armes pointées sur sa tête. Mais quand les portes s'écartèrent, ce ne fut que pour en laisser sortir Hunter et Cruz.

Enfin, « débouler » aurait été un terme plus exact, car ils balayèrent chacun un côté opposé de la pièce, vérifiant chaque porte, scrutant tous les coins à la recherche d'ennemis potentiels avant de leur adresser un bref salut.

— Faut-il prévenir la police ? demanda-t-elle à Boone.

Il secoua la tête.

— Du moins, pas encore. Pour l'instant, ceux qui ont fait
ça ne savent pas que tu es vivante. J'aimerais que les choses
restent ainsi.

— Tu penses que ça va durer longtemps ? grogna Cruz.

Nina se mordilla la lèvre. Il avait raison. Maintenant qu'elle
avait été vue à l'hôtel, ce n'était qu'une question de temps
avant que ses assassins ratés ne découvrent qu'elle était toujours en vie. Reviendraient-ils pour une nouvelle tentative ?

Elle sentit ses genoux flageoler, mais juste à l'instant où
elle en était venue à redouter de s'effondrer et voulait étreindre
l'ours en peluche, faute de mieux, Boone lui prit le bras.

— Tout ira bien. On va s'occuper de toi.

Son ton était déterminé, ses mots un murmure rauque. Derrière lui, Hunter lui lança un sourire radieux, et même Cruz
adressa un signe de tête sinistre. Il ne pouvait pas y avoir
trois êtres plus différents, pourtant c'était des frères d'armes
avaient reçu leur baptême du feu à un moment donné de leur
existence. Des hommes qui se serraient les coudes dans les
moments difficiles.

— Prête à partir ? demanda Boone.

Elle avait à peine hoché la tête que les trois camarades
resserrèrent les rangs autour d'elle et se dirigèrent de concert
vers l'entrée. C'était à la fois terrifiant et rassurant.

— On prend l'escalier, murmura Cruz.

Il se mit à l'abri avant d'ouvrir la porte, puis annonça que
la voie était libre.

Nina n'était jamais montée à bord d'un tank, mais bon
sang, elle avait l'impression d'y être. Les trois hommes étaient
solides, regroupés autour d'elle. Ils se déplaçaient avec une
précision militaire, balayant la zone du regard, presque sans
aucun bruit. Une unité des services secrets à son service, voilà
ce que c'était. Personne ne pouvait l'atteindre derrière cette
barrière de muscles. Elle distinguait à peine quoi que ce soit
au-dessus d'eux ! Elle ne le voulait pas non plus, car fixer son

regard sur le large dos de Boone faisait des merveilles pour chasser ses peurs au fil des pas.

— Oh, mademoiselle ! l'appela la réceptionniste lorsqu'ils débouchaient dans le hall d'entrée et se dirigeaient vers la porte d'entrée.

Nina eut presque pitié d'elle, car Boone, Hunter et Cruz pivotèrent et la fusillèrent du regard. Ils gardaient les bras décollés de leurs flancs, comme des tireurs prêts à dégainer, et elle aurait pu jurer avoir entendu Boone grogner.

— Oui ? répondit Nina en essayant d'assurer à ses gardes du corps autoproclamés que tout allait bien.

— Ce courrier qui est arrivé à votre intention, le voulez-vous maintenant ?

Boone la regarda avec un air interrogateur.

Quel courrier ?

Elle haussa les épaules. Elle n'en savait rien.

Boone, Hunter et Cruz échangèrent des regards. C'était des plus incroyables de voir leurs sourcils bouger et leurs lèvres s'agiter sans prononcer un mot, comme si une conversation entière se déroulait dans leurs têtes. Une pointe de jalousie la transperça ; elle brûlait d'envie être aussi proche de Boone, de partager ce lien spécial. Elle voulait être à lui et pouvoir le considérer comme sien.

Exactement comme un peu plus tôt, ce sentiment la submergea.

Cet homme est à toi et tu es à lui.

C'était comme si un ange lui murmurait à l'oreille ou qu'une voix primitive résonnait dans ses os.

Boone croisa son regard, et l'espace d'un instant, elle se sentit connectée à lui. Vraiment connectée, alors que le reste du monde s'effaçait. Le brouhaha du hall d'entrée, le gazouillis des oiseaux dehors. Plus rien n'avait d'importance, sauf elle et lui.

Soudain, Cruz émit un bruit et enfonça un coude dans les côtes de Boone. La magie se dissipa de nouveau.

Boone cilla plusieurs fois, comme s'il cherchait à s'éclaircir les idées, puis il fit un petit signe de tête. S'approchant du bureau avec Nina, il regarda la réceptionniste qui lui tendait une enveloppe de papier kraft et une pile de lettres élégamment imprimées.

Nina chancela un peu alors qu'elle abandonnait lentement le joyeux champ de fleurs sauvages qu'elle avait eu l'impression de voir dans les yeux de Boone.

— Merci, murmura-t-elle en ramassant le courrier à deux mains.

Comment allait-elle faire pour rapporter tout ça à la maison, à l'arrière d'une moto ?

Elle fut tout à coup frappée d'un constat. Tout d'abord, Koa Point n'était pas sa maison. Deuxièmement, Hunter et Cruz étaient venus de leur côté, il devait donc y avoir d'autres véhicules. Cependant, pour être honnête, elle espérait qu'ils la laisseraient jeter tout ce courrier sur leur banquette arrière et qu'elle ferait le trajet avec Boone. Ce n'était pas qu'une excuse minable pour se blottir contre son dos. C'était aussi une façon de se sentir bien, de même qu'elle se sentait bien plus chez elle dans son modeste bungalow que dans un luxueux penthouse.

Elle venait de capter son regard et de voir l'ébauche d'un sourire chaleureux se dessiner sur ses lèvres quand une ombre se déplaça derrière eux. Boone se raidit et jeta un œil par-dessus son épaule.

— Hé, toi ! lança-t-il alors que Cruz et Hunter se hérissaient.

Ils s'étaient si étroitement resserrés autour d'elle qu'elle distingua à peine l'intrus. Malgré tout, elle sentait les yeux de l'inconnu sur elle. Les yeux sombres et perçants d'un prédateur, et le sourire malicieux d'un homme extrêmement sûr de lui ; un Han Solo devenu Jedi qui aurait basculé du côté obscur de la Force. Elle n'eut pas le temps d'entrevoir plus, puisque que Hunter commença à la pousser vers la sortie. Son âme gémit.

Une seconde. Pourquoi Boone ne vient-il pas, lui aussi ?

Le regard de ce dernier croisa le sien et ses yeux flamboyèrent d'une manière qui lui intimait de partir. Fissa.

— Attends ! voulut-elle protester.

Mais Cruz l'en empêcha et l'obligea à franchir la porte en vitesse.

— Il nous rattrapera. Là, il faut qu'on y aille, murmura Hunter.

Sa voix était douce, cependant ses yeux montraient de l'inquiétude.

— On doit te mettre en lieu sûr.

Chapitre 8

À la seconde où Boone repéra son vieil ennemi, un grognement qu'il ne se donna pas la peine de ravaler monta dans sa gorge. Il sentit ses joues s'échauffer et ses poings se serrer à la vue du métamorphe loup qu'il détestait, le seul être vivant qu'il méprisait vraiment. Son corps et son esprit passèrent immédiatement en mode guerrier : le sang se mit à pulser dans ses veines et ses sens entrèrent en ébullition. En proie à un sentiment déchirant, il reçut comme un douloureux coup de poignard en pleine poitrine : une moitié de lui brûlait de rester avec Nina ; l'autre avait hâte de la mettre en lieu sûr pour qu'il puisse tuer le connard qui se tenait devant lui.

Qu'est-ce que Kramer fabriquait ici, bordel de merde ?

— Eh bien, eh bien, qui avons-nous donc là ?

Kramer sourit, montrant la pointe de ses canines. Même sous sa forme humaine, ce type dévoilait son loup intérieur. Son sourire suffisant et ses épais cheveux bruns étaient lupins, eux aussi.

Boone retint de justesse le coup de poing qu'il s'apprêtait à balancer et se contenta de bousculer Kramer jusqu'à une alcôve du hall.

Ce dernier souriait toujours, comme si le pousser à bout était son passe-temps favori ; et c'était certainement le cas. Mais au même moment, les yeux du mercenaire se posèrent sur la porte, où il aperçut Hunter, Cruz et Nina.

Boone grogna et laissa ses crocs sortir.

— Quoi ? Tu n'es pas content de me voir ? protesta Kramer.

— Qu'est-ce que tu fiches ici ?

— Je suis un client de cet hôtel, bien sûr, déclara-t-il bien trop innocemment.

— Un client, répéta Boone même s'il n'en croyait rien.

— Absolument. J'ai gravi les échelons, vois-tu. Je me suis fait pas mal d'argent, grâce à mes deux derniers emplois.

Boone fronça les sourcils. Kramer arrivait toujours à s'en tirer quels que soient ses chances, et avec lui la fin justifiait les moyens.

— Et toi, je vois que tu as été engagé comme garde du corps par la charmante Melle Miller, commenta-t-il en hochant la tête. C'est une bonne idée. La vie peut être dangereuse pour une femme dans sa position.

Chaque muscle du corps de Boone se tendit et la seule chose qui l'empêcha de se jeter à la gorge de Kramer, ce fut le bruit d'une Jeep qui remontait l'allée. Hunter conduisait Nina en lieu sûr, avec Cruz qui le suivait de près dans la Ferrari. C'était déjà ça. Mais, merde, Kramer connaissait Nina ?

Le loup de Boone hurla. Ce salaud lui avait déjà volé une femme et il avait l'intention d'essayer de nouveau, ne serait-ce que pour son plaisir malsain.

Le mercenaire lui donna une claque sur l'épaule comme s'ils étaient de vieux copains et non pas des ennemis mortels, et désigna le bar.

— Qu'est-ce qu'on fait, à rester plantés là, quand on pourrait aller boire un coup en souvenir du bon vieux temps ?

— Du bon vieux temps ? grogna Boone.

Hunter, les autres et lui avaient tous servi leur pays dignement alors que Kramer s'était baladé dans les zones de guerre en tant qu'entrepreneur privé. Quoi que Boone et les autres aient essayé de faire, quel que soit le degré de confiance qu'ils avaient finalement réussi à installer, Kramer et sa bande de mercenaires s'étaient pointés pour tout réduire à néant. La guerre, tout comme l'amour, était un jeu pour lui. C'était un business, rien de plus.

« Dommage collatéral », avait-il un jour répliqué avec désinvolture en ignorant les cris de douleur de femmes victimes.

— Bien sûr, répondit-il, conscient et ravi de toucher un point sensible. On pourrait boire à la santé des camarades morts au combat.

Kramer ne se souciait pas des pertes, alors que Boone avait éprouvé un vrai chagrin, et en éprouvait toujours, pour chaque homme qu'ils avaient perdu, chaque vie innocente qui avait été écourtée.

Il serra les poings avant que ses griffes de loup ne puissent sortir. Il aurait préféré traverser les flammes de l'enfer plutôt que de porter un toast avec lui. Mais il ne pouvait pas déclencher de bagarre ici, et encore moins laisser passer une chance de découvrir ce qu'il fichait à Maui et son lien avec Nina. Il le suivit donc jusqu'au bar de la terrasse extérieure, où il s'assit à contrecœur. Kramer s'adossa à sa chaise, non sans avoir choisi un siège qui lui donnait une vue sur deux femmes en bikini au bord de la piscine. Boone demeura droit comme un piquet, les poings serrés.

— Que veux-tu insinuer quand tu affirmes que la vie peut être dangereuse pour une femme dans sa position ? demanda-t-il à la seconde où la serveuse s'éloigna.

Les yeux de Kramer suivirent pendant quelques secondes le déhanchement de la jeune femme, puis il se lécha les lèvres avant de répondre :

— Oh, allez. Tu ne devrais pas laisser les émotions interférer avec ton travail.

— C'est vrai que tu es un expert en la matière, n'est-ce pas ? ironisa Boone.

Kramer émit un petit bruit désapprobateur.

— Les émotions *te* rendent faible, répliqua-t-il.

— Pourquoi Nina serait-elle en danger ?

Kramer haussa un sourcil, celui qui était fendu par une cicatrice irrégulière.

— Tu en es à appeler une cliente par son prénom ? Tu es plus malin que ça, mon pote.

Nina n'était pas une cliente et Kramer n'était certainement pas son pote, toutefois Boone ravala ses remarques. La serveuse revint avec les whiskys que le mercenaire avait commandés, et à la seconde où elle repartit, il en profita pour changer de sujet en levant son verre :

— Aux vieux amis et à nos nouvelles aventures. Que le meilleur gagne !

Le même satané toast qu'il portait chaque fois. La vie entière était une compétition pour ce type, chaque entreprise un moyen de faire du profit. Boone repoussa son verre, refusant de desserrer les lèvres.

Kramer but une longue rasade de whisky et abattit son verre sur la table.

— Tamara est là, tu sais.

Il avait prononcé ces mots sans hésiter, frappant Boone là où ça faisait mal.

Je ne me métamorphoserai pas en loup. Je ne lui arracherai pas la gorge, se promit-il, bien que l'effort l'ait fait frémir sur son siège.

— Elle sera tellement heureuse de te revoir, ajouta Kramer avec un sourire, se délectant de la torture qu'il lui infligeait.

— Je n'en doute pas, réussit à sortir Boone, malgré sa gorge sèche.

La dernière fois qu'il avait vu son ex-fiancée, c'était lors d'une courte permission, entre deux missions. Il avait voulu lui faire la surprise ; la surprise, c'était lui qui l'avait eue lorsqu'il avait découvert Tammy nue, les jambes enroulées autour de Kramer, en train de gémir. « Oui, oui, oui. Baise-moi, loup ! Baise-moi fort ! »

Exactement les mêmes mots que ceux qu'elle avait employés avec Boone, à l'époque où il était sous son charme. Il était tombé fou amoureux au premier regard et s'était dit que Tammy était la bonne. Sa compagne prédestinée. La femme qu'il voulait protéger et chérir pour toujours. La seule personne au monde qui le comprenait vraiment… C'était du moins ce qu'il s'était imaginé, jusqu'à ce qu'il se libère de son charme de sirène.

Kramer nous a fait une faveur en nous débarrassant d'elle, se dit-il.

Putain de succube, grogna son loup.

Mais la douleur était toujours là. Le rejet, la tromperie. Il était demeuré fidèle à Tammy pendant qu'elle se lançait dans une énième partie de jambes en l'air avec Kramer... et qui d'autre encore ?

Heureusement que Boone ne tenait pas son verre entre ses mains, sans quoi il se serait brisé sous la pression. Il avait été si crédule en pensant que c'était le destin plutôt que la magie de succube de Tammy qui l'avait attiré. Cette femme voulait du sexe, du sexe et encore du sexe... Et elle avait obtenu ce qu'elle avait voulu.

« Honnêtement ? » avait soufflé Cruz à Boone quand il avait découvert ce qui s'était passé. « Tu es bien mieux sans elle. Kramer et elle, ils sont parfaits l'un pour l'autre. Deux mercenaires égocentriques, qui se nourrissent l'un de l'autre. Laisse-la partir, Boone. »

Il grinça des dents. Il avait laissé partir Tammy, oui, néanmoins les cicatrices de sa trahison, elles, étaient restées. Pour les métamorphes loups, rien n'était plus sacré que le lien entre compagnons prédestinés, et Tammy avait souillé ses croyances.

Son loup grogna.

Ce n'est pas parce qu'elle nous a envoûtés que le destin ne nous enverra pas notre véritable compagne.

Une image de Nina, endormie dans son lit, le percuta comme une tonne de briques.

Notre véritable compagne, gronda son loup.

Il secoua la tête, essayant de se concentrer. Il devait mettre toutes ces émotions merdiques de côté et tirer quelques informations de son ennemi.

— Pour qui tu travailles ?

Kramer s'appuya tellement contre le dossier de sa chaise qu'elle se retrouva en équilibre sur ses deux pieds arrière.

— Je te l'ai dit. Je suis un client de cet hôtel.

Boone dut recourir à toute sa volonté pour ne pas donner un coup de pied dans sa chaise. Il sentait le mensonge aussi clairement que l'odeur maltée de sa boisson. Aussi clairement qu'il pouvait sentir... Son sang se glaça.

— Salut, bébé, lança une voix de velours de soprano dans son dos.

Et merde, il avait été à deux doigts de se retourner. Mais les mots s'adressaient à Kramer, pas à lui.

Tammy le contourna d'une allure nonchalante, passant derrière Kramer pour se pencher et lui embrasser l'oreille. Non, plus exactement pour lui lécher et caresser l'oreille. Boone eut un mouvement de recul. Qu'avait-il donc trouvé à cette femme ?

Elle portait un minuscule bikini assorti à un paréo imprimé hawaïen noué autour de sa taille, exhibant un sacré paquet de chair entre les deux. La seule chose que le tissu couvrait réellement, c'étaient ses tétons, et même ainsi, c'était difficile. Ses cheveux noirs rebondissaient et s'enroulaient sur ses épaules, mettant son décolleté en valeur tout en le dissimulant. Elle portait une paire de sandales à talons hauts qui s'attachaient avec des lanières de cuir noir, donnant un petit indice sur ses préférences au lit.

Tous les hommes de la terrasse se retournèrent et retinrent leur souffle. Boone aurait donné n'importe quoi pour annoncer avec désinvolture : « C'est une succube ! Surveillez votre cœur et votre portefeuille, les gars ! Mieux encore, surveillez votre bite ! »

— Boone, murmura-t-elle en faisant courir ses mains sur le torse de Kramer.

Ses yeux s'illuminèrent et elle passa la langue sur ses lèvres. Boone resta parfaitement immobile, redoutant que la partie animale de son corps puisse encore réagir à cette femme.

Si nous réagissons, c'est à sa magie, pas à elle, grogna son loup.

Mais… non. Pas une seule pointe d'excitation. Au contraire, il éprouvait du dégoût, un constat auquel il se raccrochait comme à un bouclier.

Aimer Nina nous immunise, déclara son loup avec un sourire. *Penser à Nina nous permet d'ignorer facilement cette garce maléfique. Je n'ai besoin que de Nina. Nina…*

Le soleil brilla un peu plus et la sensation d'étouffement qui l'avait enveloppé se dissipa avec un soupçon de brise fraîche.

Le visage de Tammy se figea en un sourire de crocodile alors qu'elle attendait sa réaction. Et elle en eut pour ses frais…

Quand Nina sourit, c'est parce qu'elle est heureuse. Vraiment heureuse, observa son loup.

Boone ne pouvait pas s'empêcher de penser que les sourires qu'il aimait le plus étaient ceux qu'il avait contribué à faire naître. Quand Tammy souriait, en revanche, mille sonnettes d'alarme se déclenchaient dans son esprit.

— Dis-moi, dis-moi, tu m'as l'air en forme, Boone, roucoula-t-elle en le déshabillant du regard.

— Et toi, tu n'as pas changé d'un iota, Tammy, répliqua-t-il.

Ce n'était pas un compliment.

— Ta-ma-ra, rectifia-t-elle en détachant les syllabes pour leur donner une sonorité sophistiquée et ancienne.

Qui était fausse, pour ne pas changer.

— Quelle surprise de te voir ici !

Une surprise ? Mais c'était lui qui vivait à Maui. Que faisaient ces deux escrocs ici, à envahir son coin de paradis ?

— Je suppose que tu es cliente de l'hôtel, toi aussi, réussit-il à lâcher, bien que sa voix exsude l'incrédulité.

— Bien sûr. C'est un endroit sympa, non ?

Elle se pencha encore.

— Un grand lit bien sympa aussi, dans notre suite. Imagine comme on pourrait s'amuser là-bas, tous les trois.

Même Kramer fronça les sourcils et Boone ne put s'empêcher de se demander quel genre d'arrangement ils avaient passé. Cédait-il à tous les caprices les plus fous de Tammy ou avait-il trouvé un moyen de la tenir en laisse ?

C'était sans importance. Boone ne s'était encore jamais senti aussi chanceux d'être débarrassé d'elle qu'à ce moment-là, et cela lui permit de voir Kramer sous un nouveau jour. Peut-être que Tammy était la façon dont le destin le punissait, même s'il n'en était pas conscient.

— Vous avez pris la mer récemment ? demanda-t-il alors qu'un bateau à moteur passait dans les parages.

Il se concentra sur les yeux de Kramer... et vit ce qu'il cherchait : l'éclair d'un aveu perfide.

— Oui. J'ai attrapé un gros poisson, répondit-il, le sourire aux lèvres.

— Attrapé ou perdu ?

La respiration régulière du mercenaire s'arrêta pendant une fraction de seconde, tellement brièvement que Boone l'aurait manqué s'il ne l'avait pas surveillé de près, en quête d'indices.

— Contrairement à certains hommes, je ne perds jamais rien, répliqua Kramer.

C'était une autre pique de sa part, mais un indice en même temps. Les rouages se mirent à tourner dans le cerveau de Boone. Kramer n'avait peut-être pas jeté Nina par-dessus bord en la laissant pour morte, toutefois Boone aurait parié n'importe quoi que le mercenaire savait qui avait commis cet acte infâme.

Sauf qu'il n'obtiendrait pas plus de renseignements de la bouche de ce dernier. Il s'empressa donc de se lever, si brusquement que les épaules de Kramer se crispèrent comme pour parer une attaque.

Bien, grogna le loup de Boone. *Laisse-le se sentir un peu nerveux. Qu'il sache que nous ne plaisantons pas.*

Une seconde plus tard, le visage de son ennemi disparaissait de nouveau sous son masque lisse.

— Tu t'en vas aussi vite ?

Boone aurait voulu renfoncer les mots dans la gorge de Kramer. Oui, il partait, mais seulement pour ne pas le tuer sur-le-champ ou révéler quoi que ce soit. Il avait déjà laissé échapper trop d'informations.

— Il y a une mauvaise odeur ici, murmura-t-il.

Le sourire narquois de Kramer semblait dire qu'il était déçu de sa répartie, et lorsqu'il leva son verre pour saluer son départ, Boone distingua sur son visage son classique air de défi. « Que le meilleur gagne. »

Boone lui décocha un sourire feint et se força à partir à l'allure détendue dont il avait l'habitude. Ses poils au garde-à-vous à l'arrière de sa nuque lui indiquèrent que Kramer et Tamara le regardaient s'éloigner, et il étira largement ses épaules. Lorsqu'il enfourcha sa moto et démarra, il veilla à ce que son moteur pousse un rugissement supplémentaire, histoire que son message soit bien clair.

Que le meilleur gagne, connard. Que le meilleur gagne.

Chapitre 9

Nina fixait la pile de courriers sur ses genoux pendant que Hunter conduisait. « Nina Miller », disait la première enveloppe. « Nina Miller » figurait également sur la deuxième. Elle passa un doigt sur la ligne supérieure.

Je m'appelle Nina Miller.

Elle sentait une foule de souvenirs se presser aux confins de son esprit, comme le clapotis du thé contre le bord d'une tasse trop remplie.

Elle pivota et regarda derrière elle pour la dixième fois. Elle était avec Hunter, dans son véhicule, une Jeep noire et poussiéreuse à l'aile avant cabossée. Cruz les suivait de près dans une Ferrari rouge rutilante, dont le moteur s'impatientait. Ils avaient beau être en fuite, Hunter gardait un rythme de père de famille, respectant la limite de vitesse et n'accélérant pas d'un pouce.

Nina pouvait se tordre le cou dans tous les sens, Boone n'était pas en vue.

— Il en a peut-être pour un moment, murmura Hunter.

Nina s'obligea à se tenir tranquille. Son inquiétude pour lui était-elle si évidente ? Elle serrait et desserrait les poings, puis réarrangeait son courrier sur ses genoux, incapable de rester immobile.

— Tu connais l'homme qui se trouvait là-bas ? demanda-t-elle en parlant de l'armoire à glace qui avait provoqué une telle réaction chez Boone.

Hunter réfléchit pendant une minute à ce qu'il allait dire, avant d'opiner du chef brusquement.

Eh bien ? eut-elle envie de crier.

Il resserra ses mains sur le volant.

— Il s'appelle Kramer. Un mercenaire. Ce qui n'annonce rien de bon.

Nina en resta bouche bée. Au moins Hunter présentait les choses telles qu'elles étaient.

— Est-ce que Boone va s'en sortir ?

Il la regarda, inclina la tête et soupesa ses paroles, comme il semblait toujours le faire :

— C'est toi que quelqu'un a essayé de tuer.

— Je voulais savoir s'il allait réussir à se sortir des pattes de ce type.

Elle n'avait pas bien vu Kramer, toutefois ces quelques secondes lui avaient suffi pour savoir qu'il était carrément effrayant... et qu'il y avait une animosité certaine entre Boone et lui.

Hunter attendit d'avoir pris trois virages supplémentaires avant de répondre :

— Boone peut se débrouiller. Ce qui m'inquiète davantage, c'est elle. La sorcière.

Elle ? De qui s'agissait-il ? Nina n'avait pas vu de femme. Elle regarda Hunter, qui se pinça soudain les lèvres.

— Le poste de police est juste là, murmura-t-il en ralentissant à une intersection. Honnêtement, si tu te sens plus en sécurité en allant là-bas...

En sécurité ? C'était avec Boone qu'elle se sentait le plus en sécurité. Le quitter lui avait déchiré l'âme, mais il avait insisté quand ce Kramer avait surgi. Le saccage de sa chambre indiquait à n'en pas douter que la situation était périlleuse, et si le mercenaire avait quelque chose à voir avec ça... Il était peut-être temps d'aller voir la police.

Elle imagina ce qui risquait de se passer.

« Quelqu'un a essayé de me tuer. Pouvez-vous m'aider, s'il vous plaît ?

« Quel est votre nom, mademoiselle ? »

« Apparemment, je m'appelle Nina Miller. Mais je ne m'en souviens pas vraiment. »

— Est-ce qu'aller à la police aiderait Boone à se débarrasser de ce type ? demanda-t-elle.

Hunter secoua fermement la tête, puis la scruta longuement, comme pour décider s'il pouvait lui faire ou non confiance.

— Écoute, Boone, les autres et moi, on ne doit pas se faire remarquer.

Qu'est-ce que cela voulait dire exactement ? Pour une fois, il poursuivit et prononça plus d'une phrase à la fois :

— Mais aller voir les flics pourrait t'aider.

Elle se rongea un ongle, puis secoua la tête, sa décision prise. Non, elle n'était pas prête à aller à la police. Pas sans en parler d'abord avec Boone.

Hunter continua à rouler en silence, vérifiant constamment son rétroviseur et lançant des regards agacés à Cruz. Ce dernier suivait, non sans essayer de forcer Hunter à accélérer. Nina regardait droit devant elle, cherchant à se souvenir de quelque chose. Du plus infime détail.

Nina Miller... Qui suis-je ?

Ils étaient presque de retour à Koa Point quand des lumières rouge et bleu clignotèrent derrière eux. Hunter gémit et jeta un œil à son compteur.

— Merde, Cruz, marmonna-t-il en s'arrêtant.

Nina se retourna, inquiète.

— C'est embêtant ?

Hunter s'empressa de secouer la tête.

— Juste un excès de vitesse, soupira-t-il.

Cruz avait immobilisé son véhicule, lui aussi, et Nina vit dans le rétroviseur une policière s'approcher de la Ferrari, vérifier le permis de Cruz, puis se diriger vers la Jeep.

Elle s'attendait à une remarque sévère, dans le genre : « Vous savez quelle est la vitesse autorisée, ici ? », mais les choses ne se passèrent pas ainsi.

— Monsieur Bjornvald, lança la policière, un peu essoufflée.

— Agent Meli, chuchota Hunter.

Ils se dévisagèrent sans rien dire pendant une longue minute. Le silence était tel que Nina entendait la houle glisser sur le rivage à proximité. La poitrine de Hunter se soulevait et s'abaissait, et les joues de la policière avaient rosi.

— Permis de conduire, s'il vous plaît, murmura-t-elle.

Elle jeta un regard à Nina, qui fit de son mieux pour lui faire comprendre qu'elle ne se trouvait pas avec Hunter pour autre chose qu'une balade. Ses efforts durent être convaincants, car la femme reporta toute son attention sur Hunter.

Celui-ci s'empressa d'agir, comme un chiot avide de plaire. Il lui remit les papiers qu'il venait de sortir de son portefeuille. Nina retint un petit sourire. Hunter avait un faible pour elle, c'était évident, et qui pourrait le lui reprocher ? Elle était vraiment belle, avec des traits lisses et parfaits qui résultaient d'un mélange de gènes polynésiens, asiatiques et caucasiens. Ses cheveux noir de jais étaient attachés en une tresse brillante qui lui descendait jusqu'à la taille, et quand la natte oscillait, Hunter semblait se balancer aussi.

Une femme pleine de classe. Sûre d'elle. Sereine. Tout ce que Nina n'était pas. Elle soupira intérieurement.

Hunter et l'agent Meli continuaient à se contempler, muets comme deux élèves de quatrième à une boum, ne sachant pas vraiment comment faire le premier pas.

— S'il roulait trop vite, c'était ma faute, intervint Nina.

Elle avait déjà causé assez d'ennuis. Elle ne voulait pas qu'il se retrouve en mauvaise posture avec la loi. Et surtout pas avec l'agent de ses rêves, si Nina avait bien déchiffré les signaux.

La policière la regarda à peine, trop concentrée sur Hunter.

— Euh, agent Meli ? On peut y aller, s'il vous plaît ? lança Cruz qui pianotait sans relâche sur le toit ouvert de la Ferrari.

Nina cilla. Tout le monde se connaissait-il donc dans cette partie de Maui ?

La policière se ressaisit rapidement et rendit son permis à Hunter.

— Surveillez votre vitesse, la prochaine fois.

— Oui, madame, murmura-t-il.

Leurs doigts s'effleurèrent brièvement, ce qui fit aussitôt monter le rouge aux joues de Hunter.

— Au revoir, alors, chuchota-t-elle.

— Au revoir, souffla Hunter.

Nina resta aussi immobile que possible afin de leur accorder un dernier moment de... de ce qui se passait entre eux. Puis, l'agent Meli s'éloigna. Quelques instants plus tard, elle démarrait sa voiture de patrouille.

Les deux mains sur le volant, Hunter lâcha un soupir rêveur. Soudain Cruz le fit sursauter en klaxonnant.

— Merde. Désolé, bredouilla-t-il en enclenchant la première pour reprendre la route. Ça ne te dérange pas de le remettre à sa place ?

Il tendit son portefeuille et son permis de conduire à Nina. Ce dernier était à l'envers quand elle s'en saisit et un souvenir lui revint en mémoire.

Nina Miller.

C'était ce qui était imprimé sur son permis de conduire.

Je m'appelle Nina Miller. Ma mère s'appelait Margaret Miller. Nous vivions dans le New Jersey...

Et il n'en fallut pas davantage pour qu'un flot de souvenirs déferle. Pas tout ce qui lui manquait, cependant juste assez pour lui couper le souffle. Les fleurs sur sa terrasse de derrière. Le club pour les jeunes où elle avait appris à nager. Son trajet jusqu'à l'arrêt de bus pour aller au travail...

Dès que Hunter eut garé la Jeep dans le garage de Koa Point, elle se précipita sur la plage et s'assit sur un rocher, genoux serrés. Un puffin passa et elle le remarqua à peine. Comme le reste du paysage, d'ailleurs : il était là, pourtant son esprit vagabondait à mille lieues.

Nina Miller. Je m'appelle Nina Miller. Cottage Hills, New Jersey, c'est là que j'habite, mais personne ne m'y attend.

Le soleil glissait vers l'horizon. Le bleu du ciel, qui semblait pleurer comme des larmes, faisait écho à son humeur. Sa mère était morte. Son père n'était pas dans les parages... Elle ne se rappelait pas les détails, mais ils ne semblaient pas avoir beaucoup d'importance. Qui que ce soit, il ne faisait pas partie de sa vie. Elle n'avait pas non plus de sœurs ou de frères. Toutes ces données étaient claires dans son esprit. Il y avait un vieil homme très doux nommé Lewis auquel elle ne pouvait pas tout à fait assigner de rôle, néanmoins elle se souvenait qu'il était décédé. L a disparition de Nin n'avait pas été signalée, donc si ce n'était pas la preuve que personne ne se souciait d'elle, elle ne savait pas ce que c'était. Elle était toute seule.

Un oiseau piailla en signe de désaccord et la rumeur des vagues disait : « Tu as Boone ».

Elle enfouit son visage dans ses mains et se balança doucement. Boone était formidable, cependant elle était bien trop fragile pour se fier à ses sentiments pour le moment. Le principal, dans l'immédiat, c'était de retrouver le reste de son passé, non ?

Mais le passé était effrayant. De vilains souvenirs vinrent frapper à la porte de sa conscience en même temps que des plus radieux. Elle n'était pas sûre d'être prête pour l'un ou l'autre. Elle n'était sûre de rien, en fait, alors elle resta assise là, se balançant et souhaitant pouvoir recommencer à zéro dans un endroit comme celui-ci. Et qu'est-ce qui l'en empêchait ?

« N'attends pas un bon jour. Fais-en une bonne journée. »

Elle pouvait le faire. Elle pouvait recommencer sa vie entière.

« Le bonheur est une recette qu'on crée avec tous les ingrédients que la vie nous offre. »

Mince, elle était à Hawaï ! Et aucune attache familiale ne la poussait à retourner dans le New Jersey, n'est-ce pas ?

« Tout grand voyage commence par un petit pas. »

Vraiment, qu'est-ce qui l'en empêchait ?

Une vague tourbillonna autour d'un rocher au large, lui rappelant quoi. Quelqu'un avait essayé de la tuer. Quelqu'un qui était toujours dans les parages.

Boone va m'aider. Il l'a promis.

Le soleil scintillait sur l'océan alors qu'elle essayait de se convaincre, sans franchement réussir. Qu'est-ce que Boone y gagnait ? Elle s'était déjà assez imposée, non ?

Elle hésitait, comme les vagues sur le rivage qui remuaient le sable et créaient de petits motifs avant de les effacer et de tout recommencer, à son grand désespoir. Finalement, après avoir passé une éternité assise sur ce rocher, en proie à un sentiment de solitude accablant, elle sentit quelque chose s'élever dans son âme. Quelque chose d'encore plus beau et plus idyllique que l'environnement auquel elle n'avait prêté aucune attention. Elle ne comprit pas ce dont il s'agissait jusqu'à ce qu'elle se retourne et voie Boone descendre le chemin.

Son cœur bondit dans sa poitrine et un petit refrain retentit sur une note aiguë dans sa tête.

Il est là ! Il est de retour !

C'était ridicule de réagir ainsi, et elle s'obligea à rester assise, à le laisser venir à elle au lieu de se jeter dans ses bras où elle n'avait pas sa place.

— Salut, lança-t-il en escaladant le rocher pour s'installer tout à côté d'elle.

Ce geste aurait dû faire danser son âme de joie, pourtant elle avait vu que le pas de Boone était moins alerte, son œil moins combatif. Il avait l'air fatigué, son sourire radieux avait disparu.

— Est-ce que ça va ? demanda-t-il, même si, vu son allure, c'était elle qui aurait dû poser la question.

— Oui, oui, répondit-elle.

Son bras était proche du sien et elle ne put s'empêcher de le caresser, espérant qu'il ne le retire pas. Au contraire, Boone s'approcha encore, ce qui l'incita à continuer. Peut-être était-ce son tour à elle de le consoler, pour changer.

— Qui était le type de l'hôtel ?

Elle regretta sa question à la seconde où elle la posa, parce que le peu de tension qui s'était dissipée dans ses épaules revint aussitôt.

— Personne, lâcha-t-il d'un ton si amer qu'elle repéra le mensonge.

Or, ce mensonge, elle ne pouvait le lui reprocher, vu la façon dont elle évitait ses propres vérités.

Elle laissa tomber le sujet et se tut, effleurant du bout des doigts les muscles noueux des bras de Boone. Encore et encore, jusqu'à ce que ses nerfs se détendent un peu. Il se rapprochait à chaque caresse et finit par se blottir contre elle.

Nina soupira. La réalité craignait, toutefois elle décernait un dix sur dix à ce rêve éveillé. Un moment de paix qu'elle n'avait pu partager avec personne depuis très, très longtemps.

Tu n'es pas seule, répéta la voix lointaine. *Tu l'as, lui.*

Se tournant légèrement, elle rapprocha son corps du sien pour qu'il ressente la même chose. Qu'il n'était pas seul, lui non plus. Qu'il l'avait, elle.

— Tu veux que je te laisse tranquille ? chuchota Boone.

Une heure plus tôt, elle aurait peut-être répondu : « Oui. Non. Je ne sais pas ce que je veux. » Mais maintenant, sa réponse était étonnamment claire.

— Non.

« Purée, non ! » était plus proche de ce qu'elle aurait voulu lâcher. Elle lui prit le bras et serra, désireuse de se raccrocher à quelque chose. Un réconfort encore meilleur qu'un ours en peluche.

Le soleil réchauffait sa solitude et elle ferma les yeux, savourant la paix intérieure que Boone lui offrait. Et il ne s'écoula guère de temps avant que ses caresses ne passent du bras qu'il laissait pendre près d'elle à son autre bras. Pour ce faire, elle dut se pencher devant son torse. Une énergie invisible commença à crépiter entre eux et son corps s'échauffa lentement. Elle sombra dans un état de rêverie éveillée, à l'écoute des signaux subtils qui émanaient de Boone. La légère torsion de son corps alors qu'il se rapprochait d'elle. La chaleur qui se diffusait de son côté, l'invitant à s'approcher encore. Ses respirations douces et faciles qui lui indiquaient qu'il se sentait mieux, lui aussi.

C'était paisible. Facile. Naturel.

Sans réfléchir, elle lui prit la joue dans sa main et la caressa du bout du pouce, par petites touches lentes et régulières, comme le faisait sa mère quand un cauchemar la tirait du sommeil. Ce qui collait à la situation, car c'était exactement ce qu'elle ressentait en cet instant. Sa peau la picotait peut-être encore de la panique de son mauvais rêve, la peur était passée et elle allait de nouveau bien.

Quand Boone commença à la toucher, Nina eut envie de ronronner. La ligne des palmiers qui les protégeait du reste du domaine se dressait comme un mur contre la réalité et elle avait très envie de laisser le rêve régner encore un peu. Alors elle continua, jusqu'au moment où Boone se retourna, inclina la tête et l'embrassa.

Elle ouvrit les yeux et se retrouva face à une mer d'un bleu éclatant, plus pur et plus brillant que tout ce qu'elle avait vu. Et... ce n'était pas la mer, mais les yeux de Boone, qui s'imprégnaient d'elle. Lui posaient une question muette. Voulait-elle un autre baiser ?

Oui, oui, elle en brûlait d'envie.

Elle se rapprocha et fit glisser sa main dans son cou, sentant son pouls palpiter. Boone l'attira plus près et elle s'ouvrit à son baiser. Il avait un goût de soleil et de noix de coco, des lèvres aussi douces qu'un oreiller. Plus le baiser durait, plus ce cri primitif devenait insistant.

C'est ça. C'est bon.

C'était exactement ça. Et bon, incroyablement bon. Elle savoura son odeur de sel, son goût capiteux. La douceur de ses cheveux entre ses doigts, le halètement de son torse contre sa poitrine à elle.

Cet homme est à toi.

Elle avait entendu des légendes sur les dieux et la magie dans des endroits comme Hawaï. Sur les esprits aussi. Étaient-ce eux qui lui parlaient en ce moment ? Ou le rythme primitif de la terre qui la séduisait comme il avait attiré les marins depuis des siècles ?

Ses lèvres se déplaçaient contre celles de Boone à la cadence des pulsations de l'eau sur le sable, allant et venant en vagues régulières. Prendre et donner. Elle respirait sans avoir l'air de respirer, car elle n'osait lâcher prise. Il aurait tout aussi bien pu y avoir un feu de joie et une rangée de joueurs de tambour sur la plage, vu la façon dont son sang bouillonnait. Le rythme régulier d'une excitation qu'elle ne pouvait nier. Une excitation qu'elle ne voulait pas nier parce qu'elle avait trop souffert. N'était-il pas temps qu'elle trouve de quoi se réjouir ? Quelque chose à étreindre avec son esprit, son corps et son âme ?

Le pouls de Boone galopait. Nina touchait à présent sa peau nue, ayant repoussé les manches de sa chemise pour explorer son corps. Boone l'imita et passa sous son chemisier afin de poser les mains à sa taille, puis de reculer, le souffle court.

— Nina, chuchota-t-il.

Il avait le regard exalté. Affamé. Qui étincelait presque, à moins qu'elle ne rêve éveillée, ce qui était tout à fait possible, vu son état d'esprit.

— Ne t'arrête pas. S'il te plaît, ne t'arrête pas, supplia-t-elle.

Ses lèvres jouaient sur celles de Boone, sa poitrine se soulevait. C'était ça. Un moment décisif. Le rythme primitif allait-il l'emporter ou la réalité reviendrait-elle ?

— Tu es sûre ? demanda-t-il en baissant la tête pour sucer la peau de son cou.

Une question déloyale, car ses tétons se dressèrent en réponse, néanmoins Nina n'allait pas se plaindre. Pour une fois, elle n'allait pas se priver d'un plaisir comme elle l'avait si souvent fait par le passé. Les souvenirs étaient tous là : les privations et les économies, l'improvisation et la débrouille. Il avait dû y avoir une erreur avec cet hôtel de luxe où s'étaient retrouvées quelques-unes de ses affaires. Dans la vie réelle, elle arrivait à peine à joindre les deux bouts. Elle avait une montagne de dettes à payer. Elle…

Elle coupa court à cette pensée, parce qu'un homme était en train de l'embrasser à en perdre la raison et c'était tout ce dont elle avait besoin pour l'instant.

— Sûre et certaine. Boone…

Elle se tut, ignorant comment exprimer ce qu'elle voulait. Du sexe ? Une vie d'amour sans entrave ? La promesse de n'être plus jamais, jamais seule ?

Elle savait qu'elle n'avait pas les idées claires, cependant du sexe semblait être un bon point de départ. Elle pourrait faire des recherches sur son identité plus tard. Pour l'instant, elle savait exactement qui elle était et ce qu'elle voulait. Elle était une femme attirée par un homme et elle le désirait. Elle se consumait de désir.

Chapitre 10

Boone savait qu'il ne devait pas aller plus loin. Il était déjà fou d'avoir embrassé Nina : il n'était pas censé tripoter une humaine sur son rocher préféré au bord de la mer. Mais ce baiser était venu de nulle part, un peu comme Nina, la nuit où il l'avait trouvée, et une fois qu'il avait commencé, il s'était comme animé d'une vie propre. D'une force qu'il était tout aussi incapable d'arrêter que s'il s'agissait de la marée.

Pourquoi s'arrêter ?

Son loup hurlait et griffait, parvenu au bout de sa résistance.

C'est notre compagne !

Il avait essayé de trouver une excuse ; quelque chose sur l'honneur, le devoir et le fait d'être un gentleman, mais il n'était pas allé au bout de l'idée. Pas alors qu'elle l'embrassait comme ça. Pas avec son loup qui hurlait à tue-tête.

Elle a besoin de nous. Tu ne le sens pas ?

Oh que si ! Au fond de ses os, de la même façon qu'il sentait une tempête se former sur les sommets du Kahalawai.

Pas besoin d'hésiter.

Il n'hésitait guère. En fait, il entraînait déjà Nina sur ce chemin. Mais dans son esprit, il était encore en train de négocier la dizaine de barrages routiers qui l'en empêchaient. Par exemple, il devrait vraiment suivre la piste des indices qu'ils avaient découverts au lieu de savourer la douceur et la soie de ses cheveux contre sa joue. Il devrait aussi enquêter sur l'apparition soudaine de Kramer à Maui, pas s'imprégner du goût de ce baiser. Et puis, il devrait... Il devrait...

Sa liste de ses obligations s'effaça lentement de son esprit, il n'arrivait plus à se souvenir de ce qu'il devait faire d'autre à part satisfaire la femme dans ses bras.

Il se glissa sous des feuilles de palmier et attira Nina contre son corps, la noyant sous un nouveau baiser vorace. Il avait enlevé ses chaussures sur la plage et la terre était fraîche sous ses pieds. La brise, en soulevant sa chemise, le poussa à la jeter de côté pour laisser Nina le caresser. Le toucher. L'embrasser.

Elle nous veut. Nous la voulons. Nous avons besoin d'elle.

Il devait la protéger, non pas faire l'imbécile avec elle. Pas à un moment pareil.

C'est le destin qui veut ça, tu ne le vois donc pas ? insista son loup.

Son pas chancela. Il était tombé amoureux de Tammy, il y avait bien longtemps. Et s'il se trompait de nouveau ?

Tammy était totalement différente, lui rappela son loup. *Ce n'était que du désir, pas de l'amour.*

Boone devait donner raison au loup sur ce point. À l'époque, il ne s'en était pas rendu compte, mais maintenant, la différence était évidente. Merde, il avait été tellement idiot ! Mais quand même, comment pouvait-il être sûr qu'il s'agissait de sa véritable compagne ?

Suis ton cœur, murmura une voix profonde et ancienne au fond de son esprit.

La voix de la destinée ?

Son loup souffla.

D'accord. Fais comme si elle n'était pas notre compagne. Ça n'empêche pas qu'elle est une femme et que tu es un homme. Alors, vas-y, imbécile !

Boone devait également concéder ce point au loup. Il avait couché avec quelques femmes au cours des deux dernières années. Et pourquoi pas ? Cependant, ça n'avait été que pour s'amuser. Là, c'était totalement différent. C'était la destinée. Et s'il faisait tout foirer… ?

— Boone, supplia Nina.

Il la souleva sans effort et elle enroula les jambes autour de sa taille, serrant son corps contre le sien, attisant le feu en lui.

On a besoin d'elle, répétait son loup. *Besoin d'elle.*

Finalement, cette faim balaya tous les efforts de sa raison. Il se retrouva à ôter les vêtements de Nina, puis les siens.

— Joli tatouage, murmura-t-elle en touchant le loup tatoué au creux de son bras.

Elle poussa soudain un petit cri à la vue de la cicatrice sur son ventre. Un souvenir de sa carrière militaire : il avait failli mourir pour son pays, ce jour-là. Ce n'était vraiment pas passé loin en fait, comme le prouvait cette cicatrice, car il fallait une sacrée blessure pour laisser une telle marque sur un métamorphe, vu la vitesse à laquelle ils guérissaient.

Boone écarta les mains de Nina de son ancienne blessure et la conduisit sous la douche extérieure qui jouxtait son bungalow. Rien n'allait l'arrêter maintenant. Voir Kramer et Tammy...

Ta-ma-ra, rectifia son loup en levant les yeux au ciel.

Ça l'avait fait se sentir sale et usé, et il devait laver cette impression avant de s'approcher de l'innocence qu'incarnait Nina.

La douche en plein air était abritée par de hautes tiges de volubilis et d'alpinia brillantes, avec de longues feuilles vertes. Le sol était dallé de la pierre locale. Prendre une douche sous le ciel provoquait toujours un certain frisson, le même sentiment de pureté que de se retrouver sous une cascade. Comme s'ils n'étaient que tous les deux sur une île déserte, et qu'ils avaient des semaines, voire des mois, pour rester cachés du monde. Néanmoins il y avait aussi l'urgence, un sentiment accentué par le soleil couchant. Il avait résisté trop longtemps à l'attraction de Nina, et soudain, il devait tout avoir.

— Est-ce que ça va ? murmura-t-il en la plaquant contre le mur.

Son cœur se mit à battre et son sexe se pressa contre la hanche de Nina. Elle poussa un petit cri en signe d'approbation, et son loup rugit.

Il lui tenait les mains en l'air, l'embrassant profondément, essayant désespérément de retenir tout le poids de sa passion. Soudain l'embrasser ne lui suffit plus et il se fraya un chemin le long de son corps, petit à petit, pinçant et léchant avec une ardeur désespérée. Sa gorge avait une odeur musquée tant elle était excitée. Sa clavicule était si fine et si gracieusement arquée qu'il s'en délecta pendant une minute entière. Il glissa ensuite plus bas, sur le renflement de sa poitrine.

Il avait lâché ses mains et elle plongea les doigts dans ses cheveux pour l'inciter à descendre. Plus bas...

— Boone, gémit-elle à la seconde où il referma les lèvres autour de son mamelon.

Malgré ses yeux fermés, il aurait pu jurer y avoir vu des feux d'artifice. Un ciel entier qui clignotait et crépitait d'électricité. Son corps brûlait de désir et son sexe était devenu si dur qu'il lui faisait mal.

— Oui, murmura-t-elle, pressant ses seins pour les porter à sa hauteur.

Il suça sans ménagement son téton, ce qui la fit haleter, puis la relâcha et lui lécha doucement la peau. Il s'attaqua à son autre sein, se tenant la bouche ouverte sous le filet d'eau qui coulait de son mamelon.

— Comme ça, dit-il en guidant la main de Nina vers ce côté, pour qu'elle relève son sein et qu'il puisse y boire aussi.

— Encore, gémit-elle, tremblant sous son contact.

Boone ne se rappelait pas le nombre de positions qu'il avait expérimentées ni le nombre de partenaires avec lesquelles il avait couché. Mais il n'avait jamais rien fait d'aussi érotique ou excitant. Jamais. Posant ses mains sur les siennes, il passa les pouces sur ses tétons pour qu'ils se dressent, avalant l'eau comme un homme égaré dans le désert depuis des années.

Une vie entière. Une vie entière sans elle, dit son loup.

Merde. Il était là, en quête de son propre plaisir. Et celui de Nina ?

Elle aime ça, gloussa son loup.

Oui, il le voyait bien à la façon dont elle s'écrasait contre lui et basculait la tête en arrière.

— Accroche-toi, chuchota-t-il en glissant à nouveau sur son corps.

Nina gémit en signe de protestation.

— Je te jure que ce sera encore mieux, promit-il en lui embrassant l'oreille.

— Ce n'est pas possible.

Il sourit.

— Bien sûr que si. Tourne-toi.

Elle avait le regard trouble, mais elle obtempéra.

— Et maintenant, qu'est-ce qui va se passer ?

Il lui plaqua les mains contre le mur, l'incitant à écarter les jambes pour s'ouvrir à lui.

— Maintenant, tu vas te sentir encore mieux.

— Ooh, j'aime ça, chuchota-t-elle en se frottant contre son érection.

Il sourit. Qui aurait pu croire que les inhibitions de sa beauté aux manières douces pouvaient tomber si rapidement ?

Elle connaît son compagnon, gronda son loup avec fierté. *Elle nous fait confiance.*

Il l'enlaça par la taille, puis se pencha pour lui titiller les seins. L'eau coulait sur ses épaules et le long de son décolleté et il regardait les petits ruisseaux se diviser puis se réunir.

Nina appuya la tête contre son épaule alors qu'il glissait une main plus bas. Son corps était tendu, mais elle écarta encore les jambes, l'invitant à entrer.

— Parfaite, chuchota-t-il en admirant ses courbes, avant de les suivre jusqu'aux replis de son intimité.

— Parfait, soupira-t-elle.

Elle guida la main gauche de Boone plus bas tout en gardant sa droite ancrée sur ses seins.

Il lui caressa d'abord la cuisse puis, lentement, s'enfonça vers son sexe pour en chatouiller les replis. Sa chair était douce et chaude, chaque ligne de son corps l'attirait vers cet endroit.

— Touche-moi, chuchota-t-elle en se balançant contre sa main.

— C'est ce que je fais, répondit-il d'une voix rauque de désir.

— Vas-y plus profond, supplia-t-elle, ce qui augmenta de dix degrés le feu de joie crépitant en lui.

La chaleur qui émanait d'elle ne provenait pas de la douche. D'ailleurs, lorsqu'il obéit à son ordre, il n'eut aucun mal à insinuer ses doigts en elle. Deux doigts, et non un seul, qui massèrent et décrivirent des cercles.

— Boone ! s'écria-t-elle en se cambrant contre lui.

Il lui pinça un mamelon et lui passa les dents le long du cou.

Juste là, murmura son loup qui calculait déjà où il réaliserait la morsure de leur union. Eh merde ! Si ce n'était pas un rappel de l'importance qu'il y avait à garder sa bête en laisse, il ne savait pas ce que c'était.

Pas de morsure d'union, ordonna-t-il à la bête. *Donnons-lui juste du plaisir.*

Son loup hésita entre la protestation et l'acceptation.

Un sacré bon plaisir, alors.

— Boone, murmura Nina alors que ses doigts allaient et venaient en elle.

Quelques instants plus tôt, elle était détendue contre lui, mais à présent, sa tension avait grimpé d'un cran. Une tension positive cependant, une qui lui titillait de plus en plus les nerfs.

— Oui…, haleta-t-elle en ondulant contre lui.

Il ajouta un troisième doigt et accentua ses mouvements.

— Oui…

Oui ! voulait-il rugir. *Oui !*

Ce qu'il voulait vraiment, c'était la faire basculer à quatre pattes et s'enfoncer en elle par-derrière. Si elle aimait ce genre de position, elle allait adorer. Mais merde, il n'avait pas de préservatif ici. Donc, tant pis, il se contenterait de lui donner un orgasme dont elle se souviendrait avant de l'emmener au lit.

— C'est tellement bon ! s'écria-t-elle en se caressant les seins et en ondulant des hanches.

C'est génial, aurait-il voulu rectifier. Pourtant, il grimaça un peu, car un léger martèlement s'installait dans sa tête. Comme si quelqu'un frappait à sa porte, demandant à entrer. Qu'est-ce que c'était ?

— Ce n'est que le début, lui promit-il à l'oreille.

Il serra les dents ; non, ces mots n'avaient pas de double sens.

Le début d'une vie commune, gronda son loup. *En tant que compagnons.*

— Promets-le, insista-t-elle, soudain exigeante. Promets-le-moi.

Sa poitrine lui faisait mal tant son cœur brûlait d'envie de sceller cet accord sur-le-champ. Il pouvait la mordre au plus fort de son orgasme et en faire sa compagne. Ainsi, elle ne partirait jamais et ils passeraient leur vie à savourer de tels moments.

Il serra les dents. Nina ignorait trop de choses sur lui qu'elle devait d'abord découvrir. Comme ce que signifiait ce foutu martèlement dans son cerveau.

Promets-lui, intervint son loup. *Même si ce n'est pas pour toujours, promets que tu ne l'abandonneras pas. Promets que tu feras tout pour que ça marche.*

Il hocha la tête. C'était plutôt raisonnable, non ?

— Je te le promets.

Soudain, il arrêta de parler, de penser, et se concentra entièrement sur elle.

Il lui mordilla le cou, lui pinça les tétons, enfonça ses doigts plus vite, prêtant l'oreille à ses cris et ses miaulements à mesure que le martèlement devenait plus fort.

— Oui… oui…

Elle laissa sa tête basculer sur son épaule. Son corps se comprima comme un ressort sous la pression. L'eau plaquait ses longs cheveux sur son corps et le sien. Et lorsqu'il s'arrêta brièvement, puis reprit le va-et-vient de ses doigts, elle frémit et poussa un long cri, totalement abandonnée au plaisir qu'elle éprouvait.

L'eau ruisselait sur son corps et il baissa les yeux sur la main fichée en elle, se disant qu'il allait la laisser surfer sur son orgasme aussi longtemps qu'elle pourrait le supporter, avant de ralentir. Mais le martèlement dans sa tête se mua en une explosion, et soudain, tous ses sens furent à l'écoute de la voix de Nina.

Si bon… Oui… Ne t'arrête pas…

Une lumière blanche, aveuglante, lui emplit les yeux tandis que les sens de Nina prenaient le dessus sur les siens, comme si elle était entrée dans son esprit et s'y tordait de plaisir.

Putain, oui. Ne me laisse pas partir…

Ill' entendait. La sentait Nina. Ils étaient connectés.

Elle t'a dit de ne pas arrêter, aboya son loup.

Il enfonça plus profondément les doigts et les fit tournoyer pendant qu'elle gémissait dans son esprit, sans se douter qu'il l'entendait.

Oui... Oui...

Boone n'avait jamais rien vu d'aussi beau et il ne s'était jamais senti aussi connecté avec quelqu'un. Il savait exactement ce dont elle avait besoin, et où. Quand il fallait ralentir et quand il fallait accentuer les mouvements. Quand appuyer un doigt sur son clitoris pour tirer une nouvelle onde de plaisir de ses réserves cachées. Extérieurement, le corps de Nina semblait se détendre. Mais comme son âme avait faim de plus, il prolongea son plaisir.

Maintenant! cria-t-elle intérieurement. *Maintenant!*

Sa voix devenait plus forte et son corps tremblait sans relâche.

Il décrivit un petit cercle des doigts, se retira, puis s'enfonça à nouveau tout en scellant sa bouche sur le cou de Nina.

— Oh..., gémit-elle en s'alanguissant lentement.

Il l'attrapa par la taille et la maintint serrée. Son plaisir refluait, laissant place à une profonde satisfaction. Il pouvait pratiquement l'entendre ronronner.

— Oh, mon Dieu, Boone! murmura-t-elle une seconde plus tard. C'était si bon.

Je sais, aurait-il voulu dire. *Je l'ai senti aussi.*

Ce qui signifiait qu'il ne pouvait plus nier la vérité. Ils étaient compagnons. Des compagnons prédestinés. Il n'avait encore jamais été aussi lié à une autre personne. Que ce soit à la première femme qu'il avait touchée ou la dernière. Et certainement pas à Tammy. Personne. Jamais.

Nina était sa compagne prédestinée.

Dis-le-lui, insista son loup. *Dis-le-lui.*

Il referma la bouche pour retenir les mots. Il ne pouvait pas les laisser sortir maintenant. Elle penserait qu'il était fou, et bon sang, il doutait de pouvoir exprimer quelque chose d'aussi monumental, de toute façon.

OK, laisse tomber. Ne le lui dis pas, montre-lui, grogna son loup.

Il pressa sa joue contre la sienne et la serra contre lui, en lui murmurant à l'oreille des paroles dénuées de sens. Il lui donna de petits coups de museau tout doux, puis plus forts, d'un côté à l'autre de son visage.

— Boone ! s'esclaffa-t-elle en lui immobilisant le visage tout près du sien.

Il ne cessa pas pour autant. Que ce soit le début de tout ce qu'il ne pouvait pas encore lui révéler sur les loups, le destin et le véritable amour. Que cela fasse partie de la promesse qu'il lui avait faite.

Ah ! chantonna son loup. *Une autre promesse. Même pas mal, hein ?*

Non, en effet. Ça faisait juste chanter son âme. Mais c'était aussi dangereux, et il le savait.

Nina s'étira entre ses bras et le serra fort, remettant lentement ses membres en mouvement. Assez pour que ses mains puissent glisser dans son dos pour lui caresser les fesses.

— Tu as promis que ce n'était que le début, n'est-ce pas ?

Il sourit et lui cala son nez contre son oreille.

— Absolument.

Chapitre 11

Nina n'en revenait pas de ce qu'elle venait de faire avec un quasi-inconnu, et dans une douche extérieure, en plus. Elle n'avait nullement l'intention de fouiller dans sa mémoire fragmentaire pour y chercher ses précédentes aventures, mais le cas échéant, elle était presque sûre qu'il n'y en aurait pas beaucoup. Et puis, *waouh!* Elle ne s'était jamais sentie aussi bien de toute sa vie. Aussi sensuelle. Aussi excitée par un homme magnifique.

Boone lâcha un soupir dans son cou, comme s'il avait été celui qui avait connu sous ses doigts un orgasme à lui arracher des cris. Elle n'était pas sûre de pouvoir lui rendre la pareille et lui donner le même niveau de plaisir, néanmoins elle était prête à s'y appliquer à fond.

— C'était génial, chuchota-t-elle en lui embrassant l'oreille.

Elle enroula sa jambe derrière la sienne, désireuse de le sentir en elle.

— Tu es tellement belle, dit-il en passant les doigts dans ses cheveux.

Le plus drôle, c'était que ses lèvres semblaient ne pas avoir bougé, pourtant elle entendit les mots aussi clairement que des cloches dans son esprit.

— On ne devrait pas aller à l'intérieur ?

— On devrait d'abord te sécher, répliqua-t-il avec un petit sourire coquin.

Elle sourit. Même nue dans ce qui aurait pu être un moment gênant post-coïtal, elle se sentait parfaitement à l'aise. Comme s'ils étaient faits l'un pour l'autre. Pour toujours.

Les palmiers ondulaient sous la brise marine.

Vous êtes faits l'un pour l'autre. C'est le destin.

Elle secoua légèrement la tête. Bien évidemment, un orgasme aussi fort avait tendance à jouer avec les sentiments d'une femme.

— Et si je te séchais ? demanda-t-elle.

Boone lui tendit une grande serviette éponge et le souffle de Nina se coinça dans sa gorge. Il avait les yeux brillants ; d'accord, ses prunelles ne faisaient peut-être que refléter le coucher du soleil. Et sa bouche s'entrouvrit, comme si elle était la plus belle chose dans son champ de vision. Plus que le puissant Pacifique, qui ondoyait derrière elle. Plus que le luxuriant jardin tropical alentour, où toute une vie cachée gazouillait doucement. Plus que les couleurs du soleil couchant qui se partageaient en des nuances d'orange et de rouge. Elle. Elle était le plus bel élément de cette scène.

Elle s'empara lentement de la serviette que Boone laissa glisser de sa main, comme s'il était réticent à mettre un terme à ce moment magique. Elle sourit ensuite et agita la pointe de son index.

— Tourne-toi.

Il haussa un sourcil interrogateur.

— C'est ce qu'il y a de mieux pour t'embrasser. Te toucher. T'explorer, murmura-t-elle, canalisant sa diablesse intérieure.

— Tu ressembles au grand méchant loup, commenta-t-il, non sans sourire mentalement à sa plaisanterie.

— Ha ha. Ce serait plutôt toi, monsieur. Et maintenant, tourne-toi.

Le sourire de Boone s'élargit ; aucun doute, il jouait au garçon de plage espiègle à présent, et se plia à sa demande. Nina prit une profonde inspiration. Avec un dos aussi large, par où devait-elle commencer ? Elle déplia la serviette et essuya l'eau de ses épaules. Dommage, d'une certaine manière, car les gouttes mettaient en évidence chacun de ses muscles denses. Et puis elle s'attaqua à chaque surface de son corps, encore et encore.

— Je suis toujours mouillé ? plaisanta-t-il une minute plus tard, alors qu'elle était toujours à l'ouvrage.

— Je ne veux pas que tu laisses des traces partout dans la maison.

Ils éclatèrent de rire. Son cottage n'était pas vraiment un endroit guindé et impeccable. Il y avait des grains de sable un peu partout sur le sol, sans parler des feuilles mortes soufflées par le vent. Mais c'était justement ce qu'elle aimait dans cet endroit. Et à Hawaï, contrairement au New Jersey, ce genre de choses ne posait guère de problème. Même à l'intérieur de la maison de Boone, on avait encore l'impression d'être à l'extérieur, de faire partie du paysage.

Elle passa la serviette plus bas, en suivant le renflement de ses dorsaux jusque dans le bas du dos. Lorsqu'elle frotta la serviette sur son fessier musclé, elle ne put s'empêcher d'imaginer toute cette puissance au service des va-et-vient qu'il ferait bientôt en elle.

Les narines de Boone se dilatèrent. Imaginait-il la même chose ?

Elle enroula la serviette autour de ses hanches et se pencha pour lui caresser, euh, lui *sécher*, le sexe. Elle déglutit devant sa splendide érection. Pourrait-il seulement entrer en elle ?

Elle se souvint alors de la facilité avec laquelle elle s'était ouverte à ses doigts et décida qu'elle ne pouvait pas attendre pour le découvrir.

Boone posa sa main sur la sienne pour l'aider à monter et descendre au rythme parfait. Lentement à la descente, plus vite au retour. Un peu comme l'eau qui glisse sur le sable : un élan précipité vers l'avant, puis un lent filet pour revenir à la source. Elle répéta le mouvement, gardant son pouce au niveau de la fente du gland jusqu'à ce qu'elle soit descendue trop loin pour que ses doigts puissent encore s'écarter. Boone baissa la tête, soit pour regarder ce qu'elle faisait, soit parce qu'il fermait les yeux pour se concentrer sur la sensation.

Nina regardait, émerveillée autant par elle-même que par lui. Quand avait-elle déjà ressenti la confiance nécessaire pour traiter un homme de cette manière ? Quand avait-elle passé autant de temps à savourer chaque centimètre carré d'un corps aussi tonique ? Le sexe avait toujours été une activité qu'elle avait pratiquée dans le noir et ça n'avait jamais été aussi bon que les gens le prétendaient.

À part maintenant. Avec Boone, le plaisir s'était amplifié et elle était à présent sur un pied d'égalité avec lui pour décider de la prochaine étape. Elle avait l'impression de s'abreuver à son épaule alors qu'elle pressait ses seins contre son dos. Elle frottait son corps contre le sien, comme un animal sauvage marquant son territoire. Boone déteignait définitivement sur elle avec ses petites manies et, une fois de plus, elle eut soudain la tentation de se débarrasser du passé et de recommencer une nouvelle vie à zéro.

Boone lui attrapa la main pour l'immobiliser.

— Ça ne va pas ? demanda-t-elle.

— Au contraire, murmura-t-il en se retournant entre ses bras. Mais je ne veux pas jouir ailleurs qu'en toi.

Sa voix était rauque et affamée, ses yeux brillaient. Nina en resta bouche bée. Parlait-il vraiment d'elle et non d'une déesse de la nuit ?

— Allons à l'intérieur, déclara-t-il en lui retirant la serviette des mains.

— D'accord, réussit-elle à lâcher.

Ce qu'elle voulait dire, c'était : « Oui, allonge-moi sur ton matelas et aime-moi fort, chéri ». Enfin, si sa langue avait été en mesure de former autant de syllabes.

Boone lui passa un bras autour du cou et ils se tournèrent vers le bungalow. Ils gravirent les quatre marches, franchirent les portes grandes ouvertes et se dirigèrent vers le lit, où il la coucha exactement comme elle l'avait imaginé. Elle recula pour lui laisser de l'espace et resta ainsi étendue, offerte à ses yeux avides.

— Vous venez, monsieur ? lança-t-elle, taquine, en espérant qu'il aimait ce qu'il voyait.

— Laisse-moi d'abord profiter de cette splendeur.

Il avait parlé d'une voix rauque et dure.

Nina sentit son pouls tressaillir. C'était elle, et elle seule, qui le mettait dans cet état. Et s'il aimait la voir ainsi, il allait sans doute aimer la regarder un peu plus longtemps.

Sans le quitter des yeux, elle passa lentement les mains sur son ventre, vers ses seins. Comme il avait le regard brillant, elle continua, s'emparant de ses deux mamelons pour les lui présenter.

La bouche de Boone s'ouvrit et il se passa la langue sur les lèvres. Des lèvres qu'elle brûlait d'envie d'avoir sur son corps. Mais le titiller, ce n'était pas mal non plus. Un territoire qu'elle n'avait encore jamais exploré, pourtant chaque contact, chaque action lui semblaient naturels. Spontanés. Justes.

— Tu aimes ce que tu vois ? chuchota-t-elle en écartant les genoux.

Elle vit sa pomme d'Adam tressaillir.

— Je prends ça pour un oui, gloussa-t-elle.

Elle décrivit des cercles autour de son mamelon droit pendant que sa main gauche descendait plus bas, jusqu'à ses replis de chair. Elle les ouvrit et leur chaleur naissante permit à ses doigts de s'y faufiler aisément.

Boone toucha son érection. Merde, elle n'avait plus aucune peine à l'imaginer se glisser en elle.

Nina ralentit, puis accéléra, et chaque fois, Boone se cala sur son rythme. Il avait le regard perçant, les muscles de la mâchoire douloureusement crispés.

Nina continuait ses mouvements circulaires, sur son sexe comme sur son sein, se demandant jusqu'où elle pourrait aller. Jusqu'où elle voulait aller. Déjà haletante, elle gémissait à l'intérieur. Plus prête qu'elle ne l'avait jamais été à se faire caresser par un homme. À se faire prendre par un homme, même.

— Boone, chuchota-t-elle en ramenant les mains vers ses seins, puis en s'étirant de nouveau sur le lit.

Elle se donnait complètement à lui, car quand il poserait les mains sur elle, ce serait encore meilleur.

— Touche-moi. Viens en moi. Je t'en prie.

Boone serra les dents. Elle eut la nette impression de voir en lui un prédateur à l'instant où il allait s'élancer à la poursuite de sa proie. Retenant son souffle, les muscles prêts à la détente. Et une seconde plus tard...

Il se laissa tomber sur elle et captura ses lèvres dans un baiser sauvage et incontrôlable. Il la dévorait. Il la dominait. Il la savourait, glissant rapidement le long de son corps en déposant une série de baisers chauds dans son cou, sur ses tétons et son ventre, où il s'arrêta.

Nina glissa les doigts dans ses épais cheveux et guida sa tête plus bas, répondant ainsi à sa question tacite. Oui, elle voulait qu'il la goûte. Qu'il la touche. Qu'il la rende folle.

Boone prit une cuisse dans chaque main, les écarta et plongea. À la seconde où sa langue effleura son clitoris, elle hurla. Ses hanches se soulevèrent du matelas et il la tint bientôt exactement comme il la voulait, ouverte à sa langue gourmande.

Ses petits cris se muèrent en une série de gémissements prolongés et elle se tortilla sous son emprise. Il la titillait de ses doigts et de sa langue, faisant naître à chaque contact une extase différente. La poussée insistante de sa langue sur son clitoris, les rotations de son index. Le mouvement régulier de son annulaire qui s'enfouissait dans son intimité.

— Boone ! s'écria-t-elle, tout près d'exploser à nouveau. Oui...

Il accéléra, poussa plus loin.

Nina était au bord d'un nouvel orgasme époustouflant, prête à s'abandonner à la déferlante. En même temps, si elle pouvait tenir un peu plus longtemps...

— Attends, murmura-t-elle, soudain sûre de ce qu'elle voulait.

Boone leva les yeux. Il avait les lèvres brillantes et une voix primitive hurla son approbation en Nina. C'était elle sur ses lèvres. C'était elle qui emplissait ses yeux d'un désir animal.

— On ne joue plus. J'ai besoin de t'avoir en moi, haleta-t-elle.

Il s'agenouilla, attrapa un préservatif dans la table de nuit et le déroula sur son sexe. Nina s'impatientait, se délectant déjà de ce qu'elle allait ressentir. Elle envisagea de s'allonger, de nouer ses jambes autour de Boone et de se laisser faire jusqu'à l'oubli. Mais il y avait quelque chose de brut et d'animal chez lui, des caractéristiques qu'il lui avait transmises et qui la guidaient maintenant. Elle voulait plus qu'une passive position du missionnaire. Elle voulait pousser ses hanches contre lui quand il jouirait en elle. Et la façon dont il l'avait touchée sous la douche lui indiquait exactement ce dont ils avaient tous les deux besoin.

Elle roula sur le ventre, pour lui présenter son dos.

— Comme ça, chuchota-t-elle en s'agenouillant pour tendre les fesses vers lui.

Elle les fit onduler, implorant qu'il les touche.

Elle regarda par-dessus son épaule. Les yeux écarquillés, Boone s'était arrêté net. Mais un instant plus tard, ses yeux étincelèrent et il acheva de dérouler le préservatif pour se rapprocher d'elle.

— Comment se fait-il que tu puisses lire dans mes pensées, femme ? demanda-t-il.

Sa voix était devenue un profond grognement. Nina sourit.

— C'est drôle, j'allais te poser la même question.

Les mains de Boone se refermèrent sur ses hanches pour la tirer vers lui jusqu'à ce qu'elle sente son érection. Son sexe était dur et dressé.

— Boone..., gémit-elle.

D'une simple poussée, il entra en elle, étirant son fourreau jusqu'à ses limites. Des larmes lui emplirent les yeux, piquantes comme le sexe de Boone la pénétrant. Son corps désirait pourtant le plaisir qui venait avec la douleur et elle insista :

— Continue...

Il se retira, puis s'enfonça plus profondément. Nina se mit à crier, bien que l'oreiller ait étouffé le son. Elle y enfouissait le visage, entièrement concentrée sur la sensation de Boone allant et venant dans son corps comme une machine.

Plus, voulut-elle le supplier. *Plus fort.*

Il lui tenait les hanches si puissamment que ses ongles lui griffaient la peau et il la pilonnait encore et encore.

Plus profond, haleta-t-elle.

Les poussées étaient si intenses qu'elle dut bander les muscles de ses bras pour se maintenir sur le lit. À la ruée suivante, elle recula et ils se précipitèrent l'un contre l'autre, plus fort que jamais.

— Nina, gémit Boone.

Elle resserra ses muscles internes autour de son sexe, contractant et relâchant au rythme de ses poussées.

— Oui... oui..., chantonnait-elle en se calant sur leur rythme.

La passion la rendait peut-être aveugle, mais elle ne la rendait pas sourde. Elle entendait les halètements puissants de Boone dans son dos. Le claquement de ses testicules contre sa peau. L'écho de chacun de ses cris. Et au fond d'elle, cette voix qui la poussait à continuer.

Cet homme est à toi. Lie-toi à lui. Aime-le. Garde-le.

Oh oui, elle allait le garder. Dès qu'ils auraient succombé au tsunami de plaisir qui n'allait pas tarder à les emporter.

Il a besoin de toi et tu as besoin de lui.

— Boone, gémit-elle, ruant encore plus fort vers lui.

Elle avait besoin de lui, et pas seulement pour ce plaisir incroyable ni pour la protéger du mal qui hantait ce monde. Elle avait besoin de lui pour se sentir complète. Pour pouvoir profiter de la vie.

— Maintenant ! cria-t-elle en regardant par-dessus son épaule, chaque muscle tendu.

Boone se retira, hésita une fraction de seconde, puis se ficha en elle jusqu'à la garde. Il rejeta la tête en arrière, dans un hurlement silencieux, se raidit et se libéra en elle.

Nina vit comme une explosion de lumière dans son esprit. Son sang entra en ébullition. Secoué de tremblements incontrôlables, son corps fila vers les sommets, en proie à un orgasme qui déferla par vagues, car Boone anticipait chaque nouveau pic, l'attirant à lui pour qu'elle sente bien toute l'épaisseur de son sexe. Il lisait en elle comme dans un livre ouvert et l'aidait à profiter de chaque goutte de plaisir distillée par son orgasme.

Le bref souvenir d'un autre homme traversa l'esprit de Nina. Un homme qui grognait d'une satisfaction égoïste et la lâchait à la seconde où il avait joui. Un homme qui n'avait rien à voir avec lui. Elle repoussa cette image... très loin. Pourquoi s'y attarder alors qu'elle pouvait se concentrer sur Boone qui lui chuchotait des mots doux à l'oreille et lui caressait les hanches ?

— C'était tellement bon, murmura-t-il en la faisant basculer sur le côté jusqu'à ce qu'ils soient imbriqués l'un derrière l'autre.

Il la serra contre son torse et lui passa doucement les doigts sur la clavicule.

— Je t'ai dit à quel point tu étais belle ?

La poitrine de Nina se souleva.

— Tu pourrais peut-être me le redire ? lâcha-t-elle avec un soupir.

— Tu es la plus belle femme du monde. Tu fais chanter mon loup.

Elle éclata de rire.

— Ton quoi ?

Boone se raidit, puis se hâta de répondre :

— Mon loup.

Il lui désigna le tatouage sur son bras et scruta sa réaction, comme s'il s'attendait à une réponse précise. Ce loup représentait-il son âme ? Son passé ? Sa solitude ? Elle renonça à interpréter son attitude, bouleversée par la douceur du sentiment qu'il venait d'exprimer.

— Si j'avais un loup, tu le ferais chanter aussi, rétorqua-t-elle en se rapprochant.

— Tu m'étonnes que je le ferais, murmura-t-il d'une voix si basse qu'elle saisit à peine ses paroles.

Elle lui donna une petite tape dans la main, puis l'enveloppa de ses doigts.

— C'est une promesse ?

Elle plaisantait, mais la voix de Boone fut très sérieuse quand il répondit :

— Je te promets. Je te le jure, même.

Elle faillit se tourner vers lui, cependant elle n'en eut pas la force à cet instant. Son esprit sombrait à toute allure, et tout ce qu'elle voulait, c'était s'endormir au paradis dans les bras de Boone.

Chapitre 12

Nina ne se contenta pas de piquer du nez pendant un petit moment. Elle dormit deux heures, mangea le petit encas que Boone lui apporta, avant une nouvelle étreinte incroyable, puis elle s'effondra pour le reste de la nuit. Soit l'intensité de Boone l'avait épuisée, soit elle ne n'était vraiment pas prête à affronter son passé.

Mais le soleil finit par se lever et même les rideaux qui ondulaient paresseusement sous la brise ne purent l'aider à se rendormir. Elle se traîna hors du paradis qu'était le lit de Boone et prit une profonde inspiration avant de s'envelopper dans un paréo pour rejoindre son amant sur le perron. L'étonnante connexion qu'elle avait ressentie la nuit dernière allait-elle se transformer en une matinée gênante ? Ou bien étaient-ils liés à un niveau plus profond, comme elle voulait si désespérément le croire ?

Boone était assis en haut de l'escalier, depuis lequel il contemplait la mer. Lorsqu'elle le rejoignit, il leva un bras et la serra contre lui. Donc, non, la magie n'avait pas disparu. Le baiser qu'il déposa sur son front était doux et tendre, mais ses sourcils étaient froncés et ses épaules raides. Il passa les doigts sur son avant-bras, puis lui saisit la main et la porta à ses lèvres.

— La meilleure nuit de tous les temps, murmura-t-il en lui embrassant les doigts.

Le cœur de Nina fondit de nouveau.

— La meilleure nuit de tous les temps, convint-elle.

Si seulement elle pouvait dire la même chose de la journée à venir. Quelque chose lui soufflait qu'elle serait un peu dingue, cependant elle pourrait sûrement surmonter n'importe quel obstacle avec Boone à ses côtés, n'est-ce pas ?

Il lui tendit sa tasse de café et elle en prit une gorgée, savourant cette paix éphémère. Peut-être que Boone et elle avaient été amants dans une vie antérieure, en tout cas il lui semblait aussi familier que s'il faisait partie de sa vie. Peut-être que le passé dont elle ne se souvenait pas était en fait dix années de bonheur passées avec lui. Tout en suivant les lignes de sa main, elle se demanda ce que la vie lui réservait désormais. Une autre rencontre géniale, comme Boone, ou un coup de massue ?

— Eh bien, dit-elle en essayant de paraître résolue, je suppose qu'il est temps de découvrir qui je suis.

Boone la surprit en secouant la tête.

— Je sais déjà qui tu es.

Elle se figea. S'était-il faufilé dehors pendant qu'elle dormait et avait-il fait des recherches sur son nom ? Avait-il ouvert le courrier qu'elle avait reçu à l'hôtel et découvert une foule de terribles secrets ?

Mais Boone se contenta de hausser les épaules et de l'embrasser à nouveau.

— Tu es Nina et tu es généreuse. Gentille. Responsable.

Elle se mordilla la lèvre et ferma les yeux.

— Autant de choses que je ne suis pas, ajouta-t-il avec un mince sourire.

Elle lui saisit la main en signe de protestation.

— Tu es généreux. Tu es gentil. Tu es...

Il haussa un sourcil, la mettant au défi de poursuivre.

Elle jeta un œil aux planches de surf à l'extérieur, au verre dépoli par la mer devant les fenêtres, aux tongs abandonnées devant la porte. Bon, soit, « responsable » n'était pas le premier mot qui lui venait à l'esprit. Il était plutôt Peter Pan : un homme qui refusait de grandir. Ce n'était toutefois pas le vrai Boone. Elle en était sûre.

— Tu es responsable pour les choses qui comptent. Et ne laisse personne affirmer le contraire, déclara-t-elle fermement.

Arrête de tenir ce genre de propos sur toi-même, faillit-elle ajouter.

Si quelque chose freinait Boone, c'était lui-même, et personne d'autre.

Il prit ses mains dans les siennes et se tourna vers elle, l'air plus sérieux que jamais. Ses lèvres remuèrent comme s'il s'apprêtait à lui révéler un grand secret, pourtant aucun son n'en sortit. Il finit par incliner la tête et chuchota presque dans ses paumes :

— Nina, qui que tu sois, quand on le découvrira, tu seras toujours toi.

Ses mots lui insufflèrent un immense espoir, néanmoins il poursuivit sur un ton étonnamment triste

— Et je serai toujours moi.

Que voulait-il dire par là ? Qu'est-ce qui les séparait ?

Boone n'avait toutefois pas l'air sur le point d'ajouter quoi que ce soit, aussi se leva-t-elle pour se tourner face au soleil. Il y avait des mystères partout, dans le passé comme dans le présent. Quant à l'avenir, eh bien... elle devait prendre les choses comme elles venaient.

Elle sortit des vêtements de son sac et les lissa du plat de la main. La veille, elle aurait donné n'importe quoi pour toucher quelque chose de familier. À présent, elle était habitée d'un sentiment de crainte.

— Tu es prête ? demanda-t-il en se dirigeant vers le chemin qui menait à l'*akule hale.*

— Vas-y d'abord, répondit-elle. J'arrive tout de suite.

Elle avait besoin de quelques minutes, mieux encore, d'une heure, pour se calmer.

Boone parut réticent, mais il hocha la tête et s'engagea sur le chemin. À la seconde où il fut hors de vue, elle sentit son cœur se serrer. Elle ferma les bras autour de son corps. Était-il vraiment possible de se sentir aussi proche de quelqu'un en si peu de temps, ou bien souffrait-elle d'une sorte de complexe de la demoiselle en détresse ? Elle s'empara d'un morceau de verre dépoli et le leva à la lumière du soleil pour regarder la couleur qui s'en déversait. Rouge rubis. Rouge comme l'amour ?

Elle le remit en place et se força à sortir par la porte. C'était la maison de Boone, pas la sienne, et elle devait se mettre en route. Elle gravit le chemin en se répétant qu'elle savait déjà qui elle était. Ce qu'elle allait découvrir ne serait rien de plus que des détails, non ?

Le chemin serpentait et tournait, si bien qu'elle fit halte quand elle déboucha sur la pelouse près de l'*akule hale*.

Mince ! Elle n'était pas seulement sur le point d'affronter son passé. Elle devait aussi affronter Hunter et Cruz, juste après avoir passé des heures à faire l'amour avec Boone. Est-ce qu'ils s'en rendraient compte ? Est-ce qu'ils la jugeraient ? Est-ce que seulement ils s'en soucieraient ?

Elle avança lentement vers la bâtisse, s'attendant à ce que quelqu'un glousse ou la regarde de travers. Mais Hunter leva les yeux de ses flocons d'avoine avec le même sourire réconfortant que d'ordinaire et Cruz… Eh bien, si Cruz fronçait les sourcils au-dessus de sa tasse de café, c'était dans l'ordre des choses.

Boone, par contre, paraissait avoir reçu des coups de bâton. Il était accoudé au bar, penché sur un journal, et quand il leva les yeux, son sourire était forcé.

Quoi ? voulut-elle demander. *Qu'est-ce qu'il y a ?*

Avait-elle un passé criminel ? Avait-elle trois enfants qu'elle avait réussi à oublier ? Qu'est-ce qui clochait ?

Comme personne n'ouvrait la bouche, ses yeux dérivèrent vers la table à manger. Le courrier qui lui avait été remis à l'hôtel était empilé là, intact, à côté de plusieurs journaux et de ce qui ressemblait à une pile d'imprimés. Elle se dirigea d'abord vers eux, puis bifurqua vers la cuisine. Elle avait d'abord besoin d'un café. Et peut-être d'un petit-déjeuner aussi.

— Nina, murmura Boone pendant qu'elle fouillait dans le réfrigérateur.

— Quelqu'un veut des œufs brouillés ? demanda-t-elle, dissimulée par la porte. Je ne suis pas une grande cuisinière, mais je peux arriver à fouetter des œufs.

— Nina.

— Du café, quelqu'un ?

Elle souleva la cafetière.

— Nina, il faut que tu regardes ça, insista Boone.

La main qui lui servait une tasse de café tremblait d'une terrible lenteur destinée à repousser l'inéluctable aussi longtemps que possible. Lorsqu'elle s'en empara finalement et qu'elle la posa près de Boone, la cuillère se cogna contre le bord du récipient et provoqua des éclaboussures de café.

— Mince ! Je vais chercher une éponge, marmonna-t-elle.

Mais Boone la retint. Il tourna le journal vers elle et tapota sur l'encadré en bas à droite. Tout devint silencieux. On n'entendait plus un bruit. De toute évidence, ils savaient déjà ce qu'elle allait découvrir.

Elle se hissa sur le tabouret de bar à côté de lui et approcha le journal au lieu de suivre son instinct et de l'éloigner. L'article qu'il lui montrait était illustré de la photo d'un homme âgé en costume de travail, et le titre en gras disait... Heureusement que Nina n'avait pas eu l'intention de le lire à haute voix. Elle resta bouche bée.

« Un magnat de l'industrie du textile laisse 50 millions de dollars à la serveuse d'un café-restaurant local ! »

Le titre était en gras et en italique, comme si personne ne croirait ces mots si on n'insistait pas assez.

Boone déplia le journal et lui montra la deuxième photo. Une photo d'elle portant un tablier à froufrous et affichant un sourire incrédule.

« "Je suis stupéfaite", déclare l'héritière inattendue. »

Stupéfaite. Putain. C'était une bonne façon de présenter les choses, conclut Nina.

Elle prit la main de Boone et la serra alors qu'elle commençait à lire.

« Lewis McGee est mort paisiblement à l'âge de 78 ans... Ses notaires confirment que ses dernières volontés sont tout à fait légales... Sa famille est sous le choc... »

Nina eut du mal à ravaler sa salive. Oui, « sous le choc » était aussi un terme approprié.

Le premier paragraphe concernait le magnat décédé. « Sain de corps et d'esprit... Un homme aux origines modestes qui savait ce que signifiait le dur labeur... »

Elle observa de nouveau la photo, et oui, elle reconnut le visage de l'homme, et même ses vêtements. L'image que sa mémoire fit ressurgir était celle d'un pull usé et d'un pantalon décontracté.

« Appelez-moi Lewis ! »

Elle se souvenait qu'il l'avait corrigée quand elle lui avait donné du « monsieur ».

Elle se cramponna au comptoir. Waouh ! Elle se souvenait ! Le restaurant. Les clients. Le monsieur âgé qui passait tous les après-midis, quand les clients étaient plus rares et qu'elle avait le temps de bavarder. Un gentil veuf, c'était ainsi qu'elle l'avait perçu. Un homme doux avec un joli sourire qui la traitait comme la fille qu'il n'avait jamais eue. Un homme qui lui laissait toujours un pourboire bien supérieur à ce qui se pratiquait d'ordinaire.

Le gentil Lewis était donc multimillionnaire ? Elle prit une grande inspiration et cligna des yeux. Boone la surprit en train de regarder la date du journal.

— C'était il y a deux semaines, murmura-t-il.

Deux semaines ?

Nina essuya les larmes qui lui étaient montées aux yeux et continua sa lecture. Le deuxième paragraphe lui était consacré.

« Nina Miller, 28 ans... Toujours à l'heure pour son service, aux dires du chef cuisinier... "Elle a toujours le sourire et une minute pour vous écouter", déclare un client régulier du restaurant... Diplômée du lycée de Cottage Hills... Mère décédée d'un cancer des ovaires, il y a trois ans... »

Elle remua son café et en prit une longue gorgée en retenant ses larmes. Elle lut jusqu'à la fin, retourna au début et relut tout l'article. Elle observa ensuite sa propre photo pendant un moment, stupéfaite.

Boone fit glisser par-dessus une revue dont elle se saisit avec des mains tremblantes. Le magazine *People* avait aussi publié un article sur elle ?

« De la misère au luxe ? », clamait le sous-titre. Nina prit une longue et lente inspiration. L'article était accompagné de nombreuses photos, principalement de Lewis McGee, de son manoir et de sa famille.

« Première épouse décédée depuis quarante ans... séparé de sa seconde femme... deux belles-filles... »

Des photos en noir et blanc montraient Lewis, jeune, radieux, à côté d'une femme, tandis que sur des photos plus récentes, il se tenait à côté d'une autre, enveloppée d'un sompteux manteau de vison. Son sourire était forcé sur ce cliché-ci, alors que l'épouse, triomphante, rayonnait.

Quelque chose papillonna dans son esprit. Le souvenir du jour où Lewis était venu seul, comme il le faisait toujours, et avait placé une fleur à la place voisine de la sienne.

« C'est l'anniversaire de Mary », avait-il expliqué.

Mary, sa première femme. Son anniversaire tombait le 22 octobre. Nina s'en souvenait clairement. Elle avait fait pleurer le vieil homme en lui apportant un morceau de gâteau et en chantant doucement avec lui, puis en soufflant la bougie et en chuchotant : *« Joyeux anniversaire, Mary. »*

La façon dont les yeux du vieil homme étaient restés fixés sur les volutes de fumée s'élevant de la bougie lui avait montré ce qu'était le véritable amour. À compter de ce jour, ils avaient organisé la même petite cérémonie chaque année. Il avait été intarissable en anecdotes et autres histoires du temps jadis, comme quand il lui avait expliqué qu'autrefois il fallait appeler un opérateur pour passer un coup de fil, ou qu'il avait vu des bateaux à vapeur entrer et sortir du port de New York. Un homme intéressant. Un homme bon. Mais putain, un millionnaire ? Nina ne l'aurait jamais deviné.

L'article contenait aussi des photos d'elle. Un cliché du lycée, granuleux, tiré d'un album de promo de l'établissement. Un autre d'elle, en rang lors d'un événement à l'université locale. Elle avait été si enthousiaste d'y entrer, avant de devoir l'abandonner lorsque sa mère était tombée malade.

« Mlle Miller n'a fait aucun commentaire, mais selon une source proche de la jeune femme, elle "garde ses options ouvertes." »

Nina ricana ; qui pouvait bien être cette source ? Plus elle lisait, plus les souvenirs lui revenaient, cependant ils ne lui suggéraient aucune meilleure amie ni cousine à qui elle se serait confiée. Tous ceux avec qui elle avait été proche avaient quitté Cottage Hills. Et oui, garder ses options ouvertes était une bonne idée, surtout quand elle n'avait aucune idée de par où commencer.

Elle se souvint d'avoir continué à travailler au restaurant jusqu'à ce que le propriétaire la prenne à part.

« Ma belle, tu ne penses pas que tu mérites une pause ? Tu as beaucoup d'argent maintenant. Prends des vacances et fais le point sur la situation. »

Des vacances. Hawaï ? C'était pour cela qu'elle était venue à Maui ?

— Tu te souviens maintenant ? demanda doucement Boone.

Elle hocha lentement la tête.

— Le notaire... Le notaire de Lewis a dit que les McGee possédaient des parts dans un complexe hôtelier à Hawaï...

— Kapa'akea Resort, murmura Hunter en adressant un signe de tête à Boone.

Elle regarda autour d'elle. Bien sûr. Hunter avait lu son nom sur les enveloppes. Il pouvait en avoir tiré des informations. Elle scanna les piles de journaux et d'imprimés.

— Tu as déniché tout ça depuis hier ?

Il haussa les épaules.

— Une licence de détective privé peut s'avérer utile.

Elle fixa ce grand bonhomme costaud. Elle l'avait imaginé mécanicien. En fait, elle en avait même été persuadée.

— Touche-à-tout, maître en rien, marmonna Cruz en désignant Hunter.

C'était une de ces piques comme s'en font les amis. Nina regarda Cruz. Était-il aussi détective privé ?

— Tu es donc allée à Kapa'akea Resort ? demanda Boone avec douceur. Tu t'en souviens ?

Elle ferma les yeux et réfléchit. Elle se rappela les flashes aveuglants qui avaient explosé autour d'elle partout où elle était allée les premiers jours. Elle se souvint que le notaire l'avait aidée à trouver une porte dérobée pour pouvoir échapper aux paparazzi.

« Juste le temps que les choses se tassent », avait-il dit. « Je vous contacterai par l'intermédiaire du complexe hôtelier. »

— Tu te souviens de ce qui s'est passé quand tu es arrivée à Maui ? Quelqu'un t'a-t-il accueillie à l'aéroport ? insista Boone.

Nina se leva, les sourcils froncés.

— Je ne me rappelle pas.

Merde! Pourquoi n'y arrivait-elle pas?

Elle se mit à arpenter la pièce pour essayer de stimuler des souvenirs utiles. Pas la plaque d'immatriculation de la voiture cabossée de sa mère ou le nom du chat qu'elle avait eu enfant, Paddington ; mais quelque chose qui l'éclairerait sur sa situation actuelle.

— Qui voudrait me tuer? Pourquoi?

— Je parie sur la femme, déclara aussitôt Cruz. Elle et les belles-filles.

Nina se prit la tête à deux mains.

— Je ne les connais même pas. Pourquoi voudraient-elles me tuer?

— Ce vieux type t'a laissé...

— Il s'appelle Lewis, coupa-t-elle vivement.

Cruz leva les mains en signe d'excuse.

— Il t'a laissé cinquante millions de raisons pour qu'on veuille ta mort.

— Mais je n'ai rien fait. Je n'ai jamais demandé cet argent. Je ne suis même pas sûre de le vouloir.

— Si tu n'en veux pas, donne-le-moi, répliqua-t-il.

Boone grogna et lui lança un regard d'avertissement.

Nina prit une grande inspiration, s'intimant de reconstituer les choses de façon logique. Elle se précipita vers la table où se trouvait son courrier et s'empara de l'épaisse enveloppe aux élégantes écritures. Y aurait-il un indice là-dedans?

Une liasse de papiers s'en déversa, ainsi qu'un paquet de la taille d'un livre de poche. Elle parcourut rapidement les documents.

Ils commençaient tous de la même façon, « Chère Melle Miller », et la plupart continuaient dans un jargon juridique. Elle ne parvint vraiment à enregistrer que quelques bribes. Des choses comme « La succession doit être réglée rapidement » ou « Un compte doit être ouvert à votre nom » ou « Tous les fonds doivent être liquidés avant la fin de la semaine ».

Des informations sèches, impersonnelles et axées sur l'argent. Des choses dont elle ne se souciait pas vraiment. Ce qu'elle voulait savoir, c'était qui. Et comment? Pourquoi?

Elle retourna le paquet. Il était enveloppé dans du papier kraft ordinaire et attaché avec une ficelle, comme une sorte de colis de guerre. Un message avait été glissé derrière la ficelle, qu'elle s'empressa de retirer. L'écriture était allongée et pleine de boucles, comme la calligraphie qu'on avait enseignée à la génération de sa grand-mère.

Chère Nina,

Il y a beaucoup d'âmes tordues sur terre, mais aussi beaucoup de gens bien. Vous êtes l'une de ces personnes. Merci pour toute votre gentillesse et votre bonne humeur. Merci d'apporter de la joie au monde, une tasse à la fois.

Elle serra les lèvres, se demandant quand Lewis avait décidé de lui léguer autant d'argent. Et pourquoi ne lui en avait-il jamais parlé ?

L'argent ne peut pas acheter l'amour ou le bonheur, mais il permet de garder un toit au-dessus de votre tête. Ma Mary n'a jamais été du genre à faire des achats insensés et nous avons économisé chaque centime en notre possession. Mais quand je l'ai vue admirer cela, je nous ai fait plaisir à tous les deux en nous offrant un objet raffiné. Mary ne le portait pas souvent parce qu'elle n'aimait pas s'exhiber, mais elle le mettait à la maison. Elle disait qu'elle aimait la façon dont la lumière en attrapait la couleur. Si j'avais une fille, je le lui aurais laissé, ce joyau de mon cœur. Je vous le laisse donc et vous souhaite tout l'amour, la joie et le rire qui habitaient le cœur de ma chère épouse.

Bien à vous,

Lewis McGee.

Nina passa un doigt sur ces mots, regrettant de ne pas avoir pu remercier Lewis pour sa confiance.

— Tu vas ouvrir le paquet ? murmura Boone.

Elle ne savait pas trop. Rien de ce que Lewis avait pu enfermer dedans ne pouvait l'émouvoir autant que ses paroles. Quand elle s'en saisit enfin, sa main tremblait. Le paquet était tiède, comme s'il avait été laissé au soleil. Sauf qu'il avait séjourné à l'ombre, et elle aurait juré que la chaleur venait de l'intérieur de l'emballage. Ou bien était-ce un effet de son imagination ?

Lentement, elle défit le nœud et déballa quelque chose de la taille d'une boîte à cigares. Noir et brillant, le coffret à bijoux étincelait au soleil. Elle ouvrit le minuscule fermoir en argent, repoussant la couche de tissu qui recouvrait ce qui se trouvait à l'intérieur et...

Le souffle coupé, elle dut s'asseoir. Brutalement.

— Oh, mon Dieu !

Elle répéta ces mots plusieurs fois. Lewis lui avait laissé ça ?

Des bruits de pas se firent entendre, signe que Hunter et Cruz s'approchaient pour regarder par-dessus son épaule, tandis que Boone lâchait un petit sifflement.

— Merde !

— Qu'est-ce que c'est ? murmura Hunter.

Même Cruz semblait attiré par cette énigme. Elle referma doucement la main sur la chaîne en argent et sortit le bijou pour le placer sous un rayon de soleil.

— Un rubis, chuchota-t-elle.

Un rubis presque aussi gros qu'une balle de golf qui captait la lumière du soleil et dont les facettes rougeoyaient de mille façons différentes.

— Putain de merde, marmonna Cruz.

— Un rubis ? demanda Hunter, stupéfait.

— Un rubis.

Elle hocha la tête, tout en repensant aux mots de Lewis.

« Ce joyau de mon cœur. »

Chapitre 13

— Le mystère s'épaissit, murmura Cruz.

Boone eut envie de frapper le tigre, juste parce qu'il avait les nerfs à vif. C'était en partie dû au fait que Nina était tendue, et à la façon il captait ses émotions. Mais cela provenait aussi de ce qu'il venait d'apprendre. Cruz avait raison. Nina avait des millions de raisons pour que quelqu'un de jaloux veuille sa mort.

Elle avait également des millions de raisons de ne plus avoir besoin de lui.

L'argent ne pouvait pas tout acheter, certes, mais cinquante millions de dollars ? Merde... Il vivait dans une cabane en bord de plage, sur un domaine appartenant à un autre. Ses économies étaient plus proches de cinq cents dollars que de mille. D'accord, Nina l'aimait bien, mais combien de temps cela allait-il durer ? C'était une fille gentille et responsable, et tôt ou tard, un homme gentil et responsable la séduirait.

Son loup grogna.

C'est ce qui est arrivé avec Tammy et Kramer. Nina est différente. Elle est spéciale.

C'était le problème. Elle était spéciale. Pas lui, en revanche. Il n'était que lui. Pire, il était un métamorphe loup et Nina était humaine. Leur monde regorgeait de dangers et d'intrigues. L'y attirer ne ferait que l'exposer à plus de menaces.

Comme si elle n'était déjà pas plongée jusqu'au cou dans les problèmes, grogna son loup.

Putain de merde, grommela Cruz dans son esprit. *Tu sais ce qu'est cette pierre ?*

Boone haussa les épaules. Qu'avait-il à faire d'une pierre précieuse ? Tout ce qui l'intéressait, c'était Nina.

Ce n'est pas une pierre ordinaire, insista Cruz.

Bien vu, Sherlock, voulut-il répliquer.

Elle devait valoir une fortune.

Regarde, siffla Cruz.

Boone obéit. D'accord, une grosse pierre rouge. Une grosse pierre rouge très chère.

Renifle-la, insista encore une fois Cruz. *Il suffit de t'en approcher un peu.*

Boone n'allait pas s'emparer du bijou de Nina, toutefois il lui prit la main. Elle tenait le bijou par sa chaîne en argent, et il le plaça au creux de sa paume gauche et l'approcha de son visage. La température autour de Boone grimpa de deux ou trois degrés.

C'est l'une des Pierres d'Esprit, murmura Cruz.

Boone se pencha. Putain de merde !

Je te parie, oh, disons, cinquante millions de dollars que c'est ça, poursuivit Cruz.

— Que sais-tu de ce joyau ? demanda Hunter à Nina, d'un air tout à fait détaché.

— Rien. J'ignorais que Lewis était riche.

— Il n'en a jamais parlé ?

— Il ne mentionnait presque jamais sa femme, répondit-elle en secouant la tête. Et les rares fois où il l'a fait, il avait la gorge nouée par l'émotion.

Boone regarda Cruz. Les Pierres d'Esprit étaient un ensemble de cinq pierres précieuses dotées de pouvoirs spéciaux qui avaient autrefois appartenu à un puissant clan de dragons. Mais la horde avait été dispersée aux quatre vents, des siècles plus tôt. Et bien que ces histoires lui paraissent un peu farfelues, Boone savait qu'il ne fallait pas en douter. La compagne de Kai, Tessa, qui était la gardienne de la Pierre de Vie, avait été protégée du feu des dragons.

Il énuméra les pierres dans sa tête. D'après Silas, il y avait une Pierre de Vie, une Pierre d'Eau, une Pierre de Vent...

C'est la Pierre de Feu, murmura Cruz. *Forcément.*

Boone serra le poing avant que son tremblement ne devienne visible. Il n'avait pas beaucoup pensé aux Pierres d'Esprit. La Pierre de Vie en était une, et elle avait aidé Kai et Tessa à combattre le dragon qui avait eu l'intention de revendiquer cette dernière comme sa compagne. Pour Boone, ça n'allait pas plus loin que ça. Tessa était géniale et elle s'intégrait parfaitement à leur petite bande de métamorphes à Koa Point. L'endroit n'était plus le même depuis qu'elle et Kai étaient partis pour leur voyage en Arizona.

Donc, non, il n'avait pas passé beaucoup de temps à s'interroger sur les autres Pierres d'Esprit. Mais maintenant, les paroles de Silas retentissaient dans son cerveau.

« Quand l'une des pierres s'éveille, elle appelle les autres. »

Boone fixa le rubis. Était-ce pour cela que cette pierre était là ? Il pensait que le destin lui amenait Nina, cependant peut-être avait-elle juste été entraînée ici par le coup du sort.

Nous devons mettre la main sur Silas, et vite, murmura Cruz dans son esprit.

Boone hocha la tête. Le problème, c'était que Silas se trouvait quelque part sur le continent américain, à la recherche du trésor volé à sa famille par le dragon qui avait attaqué Tessa. Silas avait été en contact avec eux de façon intermittente, ces derniers jours. Personne ne savait quand ils entendraient parler de lui la prochaine fois.

Hunter fouilla dans les papiers sur la table et en sortit un pour le montrer à Nina.

— Regarde.

Boone se pencha alors que Nina lisait à haute voix la copie d'une coupure de journal datant de plusieurs décennies. Un extrait des pages « Société ».

— « M. et Mme Lewis McGee participant à un dîner de bienfaisance au profit du Fonds pour les enfants cancéreux. Mme McGee portait le rubis Harrington, acheté il y a trois mois à un prix non divulgué. On dit qu'Elizabeth Taylor aurait perdu les enchères pour la pierre, qui avait appartenu à la duchesse de Rothersay... »

— Il t'a envoyé cette pierre par courrier recommandé ? demanda Cruz en regardant l'enveloppe.

— C'est le meilleur moyen, murmura Nina, qui haussa les épaules sous le regard de Boone. Lewis m'a raconté beaucoup d'histoires. Le diamant Hope, par exemple, a été envoyé par courrier recommandé pour ressembler à un simple paquet au lieu d'indiquer qu'il valait des millions.

— Le voici de nouveau, déclara Hunter en feuilletant les imprimés qu'il avait accumulés.

Lorsqu'il posa le doigt sur la page qu'il cherchait, Boone fut impressionné. Le métamorphe ours avait dû passer la moitié de la nuit à dénicher tous ces articles.

Celui-ci était une autre nécrologie de Lewis McGee, dont il avait souligné une section. « Parmi ses actifs figurent un domaine en Floride, d'une valeur de dix millions de dollars, et le rubis Harrington, qui vaut six millions de dollars... »

— Six millions ?! s'écria Nina en rangeant rapidement la gemme dans son écrin puis en le repoussant.

Mais la valeur monétaire n'était qu'un aspect de cette pierre, et Boone le savait.

Quel est le pouvoir de la Pierre de Feu ? demanda-t-il à Cruz.

Je ne m'en souviens pas. Silas l'a dit ?

Hunter avait l'air perdu, lui aussi, et Boone eut envie de les secouer tous les deux.

— Quand l'as-tu reçue, déjà ? demanda Hunter à Nina.

Celle-ci se tourna vers Boone.

— Hier, la réceptionniste a dit que le courrier venait d'arriver, non ?

Il acquiesça.

— Je me demande si le notaire sait seulement ce que contenait le paquet, fit Cruz.

— J'en doute, répliqua Boone en secouant la tête. Il agissait probablement sur les ordres de McGee.

— Alors, celui qui veut la mort de Nina, c'est pour l'argent ou le rubis ? demanda Cruz.

Nina frissonna et Boone faillit en faire autant. Une Pierre d'Esprit décuplait les problèmes. Voire les multipliait par vingt. Cinquante. Les humains convoitaient les pierres précieuses pour leur valeur monétaire, en revanche les métamorphes les vénéraient pour leurs pouvoirs. Les dragons étaient particulièrement attirés par les légendes et leur dimension mystique. Silas avait soupçonné son ennemi juré, Drax, d'être à l'origine du combat pour la Pierre de Vie de Tessa...

Merde. Il pourrait protéger Nina des humains et de la plupart des espèces de métamorphes. Mais si des dragons étaient impliqués, c'était une tout autre histoire. Il n'avait pas peur de s'attaquer à un dragon, néanmoins il y avait de fortes chances pour qu'il en aille de sa vie.

Nous mourrions pour Nina, grogna son loup.

Bien sûr. Le problème, c'était qu'il aurait préféré une vie longue et heureuse à ses côtés. Une mort pour l'honneur n'avait pas le même attrait.

Il baissa la tête. Peut-être qu'une vie longue et heureuse avec Nina n'était même pas envisageable. Peut-être qu'il se berçait d'illusions.

Une sonnerie retentit et Cruz alla vérifier.

— Il y a quelqu'un à l'entrée.

Boone montra les dents, avertissant son ami d'être sur ses gardes.

Comme si tu avais besoin de me le dire, grommela ce dernier avant de partir.

Boone pouvait pratiquement voir la queue du métamorphe tigre s'agiter de colère.

Hunter se leva et lui emboîta le pas.

Je vais l'aider. Essaie de localiser Silas.

Quand Hunter s'éloigna à grands pas, Boone fut cruellement tenté de prendre Nina dans ses bras. La nouvelle avait-elle changé quelque chose entre eux? Elle était toujours en train d'analyser ces informations, il le voyait. Elle glissa le message de McGee dans la boîte à bijoux comme s'il était aussi précieux que la pierre, puis se leva brusquement.

— Tu veux une tasse de café? demanda-t-elle tout d'un coup.

Un instant plus tard, ils éclataient de rire et tombaient dans les bras l'un de l'autre. Il la serra fort, plus soulagé qu'il ne pouvait le dire. Peut-être avait-il encore une chance avec elle. Une fois qu'il lui aurait expliqué...

— Je suppose que mon rôle de serveuse est dans mon ADN, s'esclaffa-t-elle.

Il secoua la tête.

— Ce qui est dans ton ADN, c'est ta capacité d'écoute. Ton sourire. Ton aptitude à donner aux gens l'impression de compter.

Son cœur se serra à cette idée. C'était l'effet qu'elle avait eu sur lui, en tout cas.

Elle appuya la tête sur son épaule et s'y cramponna.

— Tu te souviens de tout maintenant ? hasarda-t-il.

— Pas de tout. Je ne me souviens toujours pas de la raison pour laquelle je suis montée sur ce bateau cette nuit-là et je ne sais pas qui étaient ces hommes. Mais mes souvenirs remontent plus loin. Du moins, concernant des choses importantes.

— Alors, dis-les-moi, chuchota-t-il, comprenant que cela lui ferait du bien.

— Je me souviens de ma mère.

Elle renifla un peu.

— Je me souviens de ma maison et des gens avec qui je travaillais. Des gens bien, vraiment. Et je revois la gentille voisine d'en face, Mme Lorenzi. Elle m'a préparé des lasagnes quand ma mère est morte, et elle a toujours gardé un œil sur moi. Je me souviens d'être allée à l'université...

Sa voix s'éteignit et il raffermit son étreinte autour d'elle.

— Qu'avais-tu l'intention d'étudier ?

Elle gloussa, bien qu'il n'y ait aucune joie dans son rire.

— La psychologie. Mais j'ai dû arrêter quand ma mère est tombée malade. C'était déjà difficile de jongler entre le travail et les études, alors quand les factures ont commencé à s'accumuler...

Sa voix s'éteignit à nouveau. Il lui passa une main dans les cheveux.

— Je suis prêt à parier que ce M. McGee t'a préférée au meilleur des psys.

— Tu n'es pas censé utiliser le mot « psy », s'esclaffa-t-elle.

— Tu sais quoi ? répliqua-t-il en inhalant son parfum. Quand tu auras décroché ton diplôme, je veillerai à ne pas t'appeler « psy ».

Elle s'écarta et le dévisagea, les yeux écarquillés.

— Quoi ? demanda-t-il.

— Ma mère disait la même chose, répondit-elle avec un sourire. « Quand tu auras décroché ton diplôme ». Comme si elle croyait vraiment que ce serait le cas un jour.

— Je le crois. Même sans cinquante millions de dollars, j'y croirais encore.

Elle fronça les sourcils et il se maudit d'avoir de nouveau abordé le sujet.

— Je ne sais même pas ce que c'est que d'avoir de l'argent. J'achète la plupart de mes affaires dans des friperies. Je découpe des bons d'achat. J'ignore ce que je ferais avec mille dollars, alors cinquante millions, je ne te raconte même pas.

— Tu pourrais terminer l'université, pour commencer. Et tu sais quoi ? Tu peux faire ton shopping dans des friperies et collectionner les coupons de réduction aussi longtemps que ça te chante.

Comme elle éclata de rire, il insista :

— Pourquoi pas ?

Elle l'attira de nouveau entre ses bras.

— C'est ce que j'aime chez toi, Boone.

Il sentit ses oreilles se dresser, et son cœur s'arrêta momentanément de battre. Oserait-il lui demander si elle était sincère ?

Ose, l'encouragea son loup. *Vas-y.*

— Ce que tu aimes ? chuchota-t-il en retenant son souffle.

Nina leva les yeux vers lui. Elle se passa la langue sur la lèvre inférieure, puis hocha lentement la tête.

— Je ne pensais pas qu'il était possible de tomber amoureux de quelqu'un aussi rapidement, Boone, mais oui, je le pense. Je veux dire, je pense que c'est le cas. Enfin... Peut-être que je mélange tout. Mais, qu'est-ce que ça peut être d'autre ? Quand tu me touches, je me sens vivante. Quand tu es loin, une partie de moi se fane et meurt. Je te regarde et tout ce que je veux, c'est toi. Grâce à toi, je me sens bien. Heureuse. En sécurité. Je n'ai pas besoin de cinquante millions de dollars. Je n'ai pas besoin d'une pierre précieuse. Je ne saurais pas quoi en faire. J'ai juste besoin de toi, Boone. Et c'est de l'amour, ça, n'est-ce pas ?

Boone raffermit ses genoux avant qu'ils ne s'effondrent sous la déflagration déclenchée par ces mots.

— C'est de l'amour, réussit-il à articuler. Je t'aime moi aussi, Nina. Depuis la première fois où je t'ai touchée...

Il laissa sa phrase en suspens. Allait-il oser l'achever ?

La première fois que je t'ai touchée, mon loup a hurlé à l'intérieur. Tu es ma compagne prédestinée, Nina. Je le sais.

Il était encore aux prises avec les mots et les émotions lorsque des pas lourds se firent entendre à proximité de la bâtisse. Hunter s'éclaircit la gorge.

Boone ne relâcha pas son étreinte. Hunter pouvait attendre.

Boone, appela le métamorphe ours.

Pas maintenant, mec.

Boone.

La voix de son ami se fit plus insistante, ce qui aurait dû être un signe. Hunter ne s'énervait jamais. Jamais. Mais Boone était tellement concentré sur Nina qu'il omit ce détail.

J'ai dit : « Pas maintenant. »

Si, maintenant, mec. Kramer est là.

Boone se figea. Nina s'écarta, aussitôt consciente de sa tension.

— Est-ce que tout va bien ? demanda-t-elle.

Hunter regarda ses pieds, le toit de chaume, puis le sol. Partout sauf son visage.

— Quelqu'un est ici pour te voir, répondit-il.

Boone grogna et s'avança. Pas question qu'il laisse Kramer voir Nina.

Kramer n'a rien à faire avec Nina.

Hunter pinça les lèvres.

Pas Kramer. Pas exactement. Mais son client...

Kramer avait un putain de client ?

— Qui est là pour me voir ?

La voix de Nina tremblait. Elle n'était peut-être pas une métamorphe, malgré tout elle avait bien senti le danger.

Hunter prit une profonde inspiration et jeta un coup d'œil à Boone, puis à Nina. Pourquoi son ami avait-il l'air si... désolé ? Si triste pour eux deux ?

— Qui est-ce ? insista-t-elle.

Hunter ouvrit la bouche, la referma, et finalement, la rouvrit à nouveau.

— Ton mari, Nina. Ton mari est ici pour te voir.

Chapitre 14

L'esprit de Nina tourbillonnait si vite qu'elle n'arrivait pas à réfléchir correctement. Ses pensées entraient en collision et rebondissaient les unes sur les autres, faisant éclater son esprit. Elle fixa Hunter. Il plaisantait, non ?

Mais il secoua lentement la tête. Une minute... Comment pourrait-il penser une chose pareille ? Elle n'était pas mariée. Impossible.

— Mais..., voulut-elle protester, se tournant vers Boone en quête de soutien.

Il était blême et l'air entre eux était devenu glacé.

— Ton mari ? Tu as un mari ?

— Non ! hurla-t-elle. Je veux dire, je ne m'en souviens pas...

Elle voyait l'angoisse sur son visage.

Comment as-tu pu oublier ton mari ?

Elle se posait la même question. Non, elle exigeait d'elle une réponse, un doigt accusateur pointé vers sa tête. Comment aurait-elle pu aimer un homme au point de l'épouser et l'oublier ensuite ? Si elle avait eu un mari, il était complètement effacé de son esprit, de la même façon que le souvenir traumatisant de son embarquement sur le bateau à moteur.

— Peut-être... peut-être...

Elle cherchait à reprendre pied sur la falaise d'où elle glissait.

— Peut-être qu'il ment. Je me souviendrais de mon mari, non ?

— Les papiers ont l'air réglo, murmura Hunter. Il a une pièce d'identité, un certificat de mariage, une déclaration sous serment...

Nina se rapprocha de Boone, qui s'éloigna encore.

— Les paparazzi sont là aussi, soupira-t-il enfin en laissant tomber un journal sur la table.

« L'héritière disparue se cache dans une propriété chic de West Maui », proclamait la une.

— Merde, grogna Boone en se passant la main dans les cheveux.

Nina en resta bouche bée. C'était déjà assez grave d'avoir un meurtrier à ses trousses. Maintenant, la presse la traquait aussi ?

Cruz apparut par un côté de la bâtisse, l'air plus orageux que jamais.

— Alors, on laisse entrer Kramer et ce type ou quoi ?

— Non, répondirent Boone et Nina, exactement au même instant, avant de se dévisager fixement.

— Si on attend plus longtemps, ce sera un véritable cirque. Les journalistes sont de plus en plus nombreux, les prévint Cruz. Silas va être furax.

Nina eut un mouvement de recul. Silas était le taciturne en charge du domaine.

« Écoute, Boone, les autres et moi, on ne doit pas se faire remarquer », avait dit Hunter.

Mais merde, jamais elle n'avait voulu leur causer de tels ennuis !

— Laisse-les entrer, balbutia-t-elle.

Boone baissa la tête et prit une profonde inspiration.

Cinq minutes de gêne s'écoulèrent, au cours desquelles Nina ne cessa de se triturer les mains. Elle ne voulait ni mari, ni rubis, ni fortune. Elle voulait Boone.

Elle sentit les étrangers s'approcher avant même de les voir. Une force sombre et oppressante les précédait, un peu comme la chute de la pression atmosphérique avant l'assaut d'une tempête. Les feuilles des arbres se turent, les oiseaux cessèrent de chanter... Lorsque les nouveaux venus apparurent sur le seuil de l'*akule hale*, deux hommes et une femme, flanqués de Hunter et Cruz, Nina les examina fixement, s'attendant à recouvrer ce qui manquait encore à ses souvenirs.

Mais non, elle ne reconnut aucun d'entre eux. Sauf que... le grand avec son sourire cruel lui semblait familier. Quelque chose en lui rappelait Boone, mais dans une version tordue et effrayante. Elle se crispa. Comment aurait-elle pu épouser un homme aussi arrogant, nom d'un chien ? Aussi méchant ?

Ce fut cependant le maigrichon à ses côtés qui s'écria :

— Ma puce ! J'étais mort d'inquiétude !

Il se précipita vers elle pour la prendre dans ses bras, ce qui la fit reculer de deux pas.

Boone voulut bondir pour arrêter l'homme, puis il s'immobilisa, les yeux de nouveau rivés au sol.

Nina sentit son corps se tendre. C'était son mari ? Il empestait la fumée de cigarette et l'eau de Cologne bon marché. Quant à sa barbe bien taillée, elle lui grattait le menton. Il avait placé les mains beaucoup trop haut, autour de ses côtes, touchant presque ses seins. Nina replia les coudes, afin de récupérer un peu d'espace.

— C'est moi. Mike ! lui grogna-t-il à l'oreille.

Elle grimaça et ferma les yeux. Non, ce n'était pas possible. D'ici une seconde, elle allait se réveiller dans le lit de Boone, recommencer la journée, et le cauchemar aurait disparu. C'était bien ça ?

— Des retrouvailles qui font plaisir, hein ? ironisa le grand au sourire cruel.

— Ferme-la, Kramer, aboya Boone.

Ce fut Hunter, et non Boone, qui avança d'un pas et écarta Mike de Nina.

— Tu connais ce type ? lui demanda-t-il de sa voix de gentil géant.

— Bien sûr qu'elle me connaît. Je suis son mari, protesta Mike. On est amoureux depuis le lycée.

Il y eut comme un déclic au fond du cerveau de Nina. Aussi repoussant que soit Mike, il y avait quelque chose chez lui de familier.

— La barbe est nouvelle, expliqua-t-il en se frottant le menton.

Elle fit de son mieux pour se montrer courtoise avec lui. Ses vêtements et ses chaussures étaient neufs et il ne cessait de tirer sur sa cravate. Avait-il fait des efforts de toilette pour l'occasion ?

— J'en ai la preuve juste ici, déclara Kramer en brandissant un certificat.

Boone lui arracha le papier des mains et lui jeta un regard noir. Il y avait bel et bien un contentieux entre ces deux-là. Et bel et bien une histoire entre lui et le mannequin qui se tenait aux côtés de Kramer. Bien que froide et cruelle comme lui, elle était saisissante : grande et mince, avec des lèvres charnues et boudeuses. Les regards sensuels et familiers qu'elle lançait à Boone mettaient le sang de Nina en ébullition.

— Où vous êtes-vous mariés ? demanda Hunter en étudiant les papiers que Boone lui avait remis.

— Atlantic City, murmura Nina sans réfléchir, car son attention était toujours portée sur Boone.

— Atlantic City, déclara Mike en même temps.

Elle se sentit vaciller. Minute ! C'était vraiment son mari ?

— Princesse ! Tu te souviens ! s'écria Mike, qui la prit de nouveau dans ses bras.

« Princesse » ? Le mot fit remuer un souvenir tenace qui refusa pourtant de remonter à la surface de son esprit.

— Quand vous êtes-vous mariés ? demanda Hunter, les yeux de nouveau sur le certificat.

Le 17 juin, trois ans après le bac.

La réponse avait surgi d'elle-même dans son esprit.

— Le 17 juin, déclara Mike, avant de se lancer dans un récit de la journée, de la robe qu'elle portait et d'affirmer qu'ils avaient juré de s'aimer pour toujours.

Nina en eut la nausée. Elle était vraiment mariée à Mike. Peu à peu, des souvenirs désagréables refirent surface dans son esprit. Pourtant un nuage menaçant subsistait, abritant de sombres secrets. Des secrets qu'elle voulait à tout prix découvrir, car quelque chose clochait. Il y avait un gros, un très gros problème.

Elle regarda Boone pour lui demander de l'aide et l'expression qu'elle lut sur son visage ne fit que lui confirmer ce point. Il y avait vraiment un très gros problème. Elle n'aurait jamais dû coucher avec lui. Elle avait réussi à oublier son mari comme elle avait occulté le moment où elle était montée sur le bateau à moteur.

Surgissant de nulle part, des détails de cette nuit-là déboulèrent dans son esprit.

« Attrape-la ! », avait crié l'un des hommes en la frappant avec une rame.

Elle secoua la tête, essayant de se concentrer sur une chose à la fois.

— Prends tes affaires, princesse, lui lança Mike. On rentre à la maison.

Elle voulut se ratatiner et disparaître. Le mot « maison » faisait tout simplement mauvais ménage avec le visage de Mike. Elle se souvint de lui, assis sous le porche de sa petite maison du New Jersey, pourtant ça ne correspondait pas non plus avec l'idée d'un foyer, car le reste des réminiscences qu'elle rattachait à cet endroit la montrait y vivant avec sa mère ou bien seule. Elle avait passé ces dernières années seule dans cette maison. Elle en était sûre.

— Boone, chuchota-t-elle.

Il la regarda avec les yeux d'un chiot en confiance qui aurait reçu un coup de pied dans les côtes.

— Ouais, lâcha-t-il d'une voix rauque. Je vais chercher tes affaires.

Elle secoua violemment la tête. Ce n'était pas du tout ce qu'elle avait voulu dire.

— Attends...

— Je vais t'aider, Boone, chantonna la reine de beauté qui se tenait aux côtés de Kramer.

Les poings de Nina se serrèrent quand elle la vit s'avancer, cependant Boone réagit avant elle.

— Surtout pas, lui cracha-t-il au visage.

Elle hésita, puis recula.

Voyant Boone lui montrer les dents, Nina laissa échapper un cri. Elle ne l'avait jamais vu aussi en colère, aussi dur. Un Boone différent. Mais il avait beau sembler effrayant en cet instant, tout ce qu'elle voulait, c'était se précipiter vers lui pour le retenir, le rassurer et lui dire que tout irait bien.

Sauf que rien n'allait plus et elle le savait.

Elle le regarda descendre le sentier qui menait à son cottage. Tout espoir l'abandonna devant le rejet définitif qu'exprimait ce geste. Il ne voulait plus d'elle dans sa maison. Il ne voulait pas de sa présence chez lui. Il ne voulait plus de ses affaires dans les parages. Il voulait qu'elle disparaisse.

— Si vous essayez de faire quoi que ce soit, il nous suffira de claquer des doigts pour avoir un mandat d'arrêt contre vous, lâcha Kramer.

— Un mandat sous quel prétexte ?

Cruz avait presque craché à ses pieds.

— Pour avoir retenu une femme contre sa volonté. Enlèvement. Ça s'appelle comme ça.

— Enlèvement ? s'écria Cruz.

Nina faillit s'étouffer en entendant ce mot. C'était elle qui avait entraîné Boone, Cruz et Hunter dans ses problèmes. Tout ce qu'ils lui avaient offert, c'était un endroit sûr où rester.

Un insecte gratta le toit de chaume au-dessus de sa tête. La brise marine chatouillait ses jambes nues. Nina ferma les yeux. Koa Point était un petit coin de paradis où elle avait fait entrer le diable. Elle rouvrit les yeux et se força à regarder Mike, Kramer et la femme. L'instinct lui soufflait qu'il ne fallait pas leur faire confiance, cependant elle devait partir. C'était son problème maintenant, pas celui des trois hommes honnêtes qui avaient fait tout leur possible pour l'aider sans rien demander en retour.

Elle prit une profonde inspiration et regarda le domaine une dernière fois. Boone réapparut avec son sac à dos : il lui montra l'ours en peluche, glissé près du rabat, avant de le refermer.

Elle sentit ses yeux devenir humides. Il savait ce qui avait de la valeur à ses yeux et il le respectait.

— Merde, ne me dis pas que tu as encore ce vieux truc, marmonna Mike en s'emparant du sac à dos.

Nina le lui arracha des mains pour le plaquer contre sa poitrine.

— C'est moi qui le porte.

— Hé, n'oubliez pas votre courrier ! lui lança Kramer en levant les sourcils vers la table.

Nina se figea. Rien n'échappait à cet homme. Elle avait complètement oublié le courrier et la lettre touchante de Lewis McGee. Et putain ! Le rubis à six millions de dollars.

Boone et les autres se figèrent eux aussi. Elle se rappela leur trouble quand ils avaient découvert le rubis. Elle sentit qu'une autre conversation silencieuse se déroulait entre les hommes. Elle voulut crier. Comment faisaient-ils ? Ceux qui avaient combattu ensemble avaient-ils un moyen de communiquer par la pensée ?

Nina regarda la boîte noire qui contenait le rubis, puis murmura :

— Gardez-la.

Après quoi, elle se tourna vers Boone et le regarda droit dans les yeux en retenant ses larmes. Elle pouvait à peine entendre sa propre voix et peinait à lui prendre la main.

— S'il te plaît, garde-la. C'est le moins que je puisse faire.

Un grognement d'animal s'éleva derrière elle et Hunter se tendit, prêt à se battre. En revanche, pour la première fois depuis l'apparition de Mike, l'expression de Boone se radoucit. Il prit la boîte et la soupesa. Ses yeux se fermèrent, et pendant un instant, une lueur de tentation passa sur son visage. Il rouvrit ensuite ses yeux au bleu pur, se pencha vers elle et l'aida à refermer ses mains réticentes autour de l'écrin.

— Il est à toi. Lewis t'en a fait cadeau.

Boone n'en dit pas plus, néanmoins ses yeux télégraphiaient les mots de la lettre de Lewis.

« Ce joyau de mon cœur. Je vous souhaite tout l'amour, la joie et le rire... »

Boone lui disait au revoir. Nina plissa les lèvres dans l'espoir de retenir ses larmes.

Je ne veux pas partir.

Cruz marmonna une protestation, visiblement mécontent, mais Boone le fusilla du regard.

— C'est à elle, pas à nous.

— Tout à fait, grogna Kramer.

Nina frissonna et enfonça l'écrin dans son sac à dos, à côté de l'ours en peluche, pour la soustraire au regard de Kramer. Elle se saisit ensuite du reste du courrier, car les informations données par le notaire s'y trouvaient et que son petit doigt lui soufflait qu'elle en aurait besoin.

— Allons-y, bébé, déclara Mike.

Les lèvres de Nina tremblaient tandis qu'elle passait les bretelles de son sac à dos sur ses épaules, très lentement, pour gagner du temps.

— C'était chouette de te revoir, Boone, susurra la mannequin en lui décochant un regard sensuel.

Nina en eut la nausée. Elle aurait voulu éloigner cette femme de son homme, sauf que Boone n'était pas son homme. Mike si.

— *Hasta luego,* frérot, lança Kramer en décochant à Boone un nouveau regard hautain et triomphant.

Nina aurait voulu frapper cet arrogant en pleine poitrine.

Tu ne seras jamais un homme aussi respectable ni aussi bon que Boone.

Mais Mike l'avait déjà prise par le coude.

— Par ici.

« Par ici. »

Une voix de son passé retentit. Le souvenir lui traversa l'esprit, y demeura l'espace d'un battement de cœur, puis disparut à nouveau.

Nina pivota pour regarder en arrière, mais il était trop tard. Un tournant du chemin lui cachait l'*akule hale*, et le temps que Hunter et Cruz l'escortent vers la porte, Boone n'était plus visible.

— Par ici, répéta Mike.

Des alarmes se déclenchèrent dans son esprit. Une dizaine d'éclairs l'aveuglèrent, assez pour la convaincre de s'éloigner. Quelque chose clochait. Elle ne devait pas partir avec Mike. Son instinct le lui soufflait.

Pourtant il refusait de la lâcher et ne cessait de lui murmurer à l'oreille de sa voix sirupeuse :

— Allez, viens. Ne sois pas timide. C'est juste les paparazzi.

Elle regarda autour d'elle. Ces éclairs n'étaient pas des avertissements dans son esprit. C'étaient les flashes d'une dizaine d'appareils photo. La presse s'était attroupée devant le portail du domaine, criant des questions et la mitraillant de leurs objectifs.

Mike sourit.

— Tu ferais mieux de t'y habituer. On est riches et célèbres maintenant.

Nina plissa les yeux tout en cherchant à se dégager de son emprise, mais il lui était impossible de se libérer et de garder son sac à dos en même temps.

— Mademoiselle Miller, où allez-vous, maintenant ?

— Mademoiselle Miller, comment vous sentez-vous maintenant que vous avez retrouvé votre mari ?

Je me sens nauséeuse. Salie. Utilisée, pensa Nina.

— Je suis enchanté de l'avoir retrouvée, répondit Mike.

D'autres signaux d'alerte retentirent dans son esprit. Ce n'était pas la première fois qu'elle se sentait nauséeuse, salie et utilisée par Mike, non ? Elle chercha désespérément dans sa mémoire.

Mais il était trop tard. Kramer aboya un ordre pour que les journalistes fassent marche arrière et ils s'exécutèrent aussitôt. Ouvrant la portière arrière du Hummer noir garé dehors, Kramer lui posa sur la tête une main aussi énorme qu'une patte et la poussa sur le siège arrière.

— Allons-y.

Mike se faufila derrière elle tandis que le mercenaire et la femme grimpaient sur les sièges avant. Chaque fois qu'une portière s'ouvrait ou se refermait, les cris de la presse changeaient de volume, passant d'une rumeur à un rugissement. Les flashes se déclenchèrent, aveuglant Nina.

D'autres souvenirs lui revinrent à l'esprit, tellement nombreux qu'elle en eut le vertige. Des souvenirs de Mike qui lui criait dessus. D'elle, qui pleurait en retour. De sa mère lui tenant la main. Des avocats lui disant de signer sur une ligne pointillée...

À l'instant où Kramer démarra, Mike grogna :

— Enfin. On l'a eue !

Les flashes crépitaient sans relâche, faisant remonter le reste de ses souvenirs dans son esprit.

« Attrapez-la ! », avait ordonné l'homme qui l'avait jetée du bateau à moteur.

Elle se tourna vers Mike, bouche bée.

— Qu'est-ce que tu viens de dire ?

Il renvoya un sourire tordu, plein de dents jaunies par le tabac.

— Je t'ai enfin retrouvée, princesse.

« Princesse. » Elle détestait qu'il l'appelle ainsi.

Il y eut un dernier flash de l'autre côté de la vitre qui remit ses derniers souvenirs en place.

— Tu as essayé de me tuer, murmura-t-elle en reculant. Tu étais sur le bateau cette nuit-là.

La femme sur le siège avant se retourna pour le réprimander :

— Je t'avais dit qu'elle se souviendrait.

Nina était sidérée. Ils étaient tous dans le coup ? Elle saisit la poignée de la portière, prête à bondir hors de la voiture, mais Kramer actionna le verrouillage central des portes. Il lui adressa un sourire aux dents pointues dans le rétroviseur.

— Allons, allons. Est-ce une façon de parler à son mari ?

Son mari. Les avocats. Des papiers à signer… Lentement, les souvenirs formèrent un tout cohérent dans son esprit. Mike avait été son petit ami pendant sa dernière année de lycée, bien que ses amis et ses professeurs lui aient laissé entendre qu'elle s'en sortirait mieux sans lui. Elle l'avait épousé à Atlantic City parce qu'elle était jeune et ne connaissait rien à la vie, et qu'il n'avait pas encore entamé sa chute vers le chômage et la boisson. Il n'avait pas fallu longtemps pour qu'il devienne un vaurien, et lorsqu'il s'était mis à jouer, les dettes n'avaient pas tardé à s'accumuler ; des dettes qu'elle avait dû rembourser en hypothéquant la maison. Lorsque sa mère était tombée malade, Mike n'avait guère paru s'en soucier. C'était l'image d'eux, sous le porche, dont elle s'était souvenue : kyu sirotant une énième bière alors qu'elle se traînait à la maison après les cours, un service au restaurant et une visite à sa mère. Et tout ce qu'il avait fait, c'était d'exiger qu'elle lui prépare à manger. Alors, à un moment donné, elle en avait eu assez.

— Tu n'es plus mon mari, siffla-t-elle alors que tout se remettait en place. J'ai divorcé.

Elle s'en souvenait clairement à présent. Avoir dû remettre à l'avocat un chèque vidant son compte de ses derniers centimes lui avait fait l'effet d'une gifle, mais au moins, ce geste l'avait libérée de Mike.

— J'ai divorcé de toi, insista-t-elle.

Mike secoua la tête.

— Tu as essayé, bébé. Le deuxième chèque à l'avocat a été refusé.

Il feignit la surprise devant son regard horrifié.

— Quoi ? Tu n'as pas reçu la lettre ? Oh, maintenant je me rappelle. J'ai pris cette lettre dans la boîte, le jour où je suis venu récupérer mes affaires.

Elle le dévisagea.

— Tu devais être au travail. Personne ne t'a jamais dit que tu travaillais trop ?

Elle voulait hurler. Une personne devait travailler pour joindre les deux bouts. Sa mère lui avait appris cela.

— Mais, par chance...

Mike s'étira et mit les mains derrière sa tête.

— Un vieux fou meurt en te laissant des millions et nous sommes toujours mariés.

Sa voix se fit menaçante.

— Ce qui est à toi est à moi, jusqu'à ce que la mort nous sépare.

Elle se retourna pour frapper au carreau et demander de l'aide, mais les journalistes étaient hors de vue maintenant que la voiture filait à toute allure sur la route.

— Oh, Boone lui manque ! s'esclaffa la femme sur le siège avant.

Si Nina n'avait pas été occupée à essayer de déverrouiller la serrure, elle aurait arraché les yeux de cette garce. Mike se renfrogna.

— Je ne sais pas ce qui t'a poussée à te mettre à la colle avec ces gars. Ils voulaient probablement juste te voler notre argent.

Je ne me suis pas mise à la colle avec eux. J'ai échoué sur leur plage après que tu as essayé de me tuer, voulut-elle rétorquer.

Mais sa gorge était trop sèche, trop nouée par la panique. Quant à l'argent, même si elle n'arrivait toujours pas à le considérer comme le sien, elle était certaine que ce n'était pas celui de Mike. C'était celui de Lewis McGee. Et Boone n'était absolument pas intéressé par ça. Il ne s'intéressait qu'à elle. Celle qu'elle était vraiment.

— Boone est un très bon coup, intervint la femme sur un ton doux-amer.

— Fais gaffe, Tamara, grogna Kramer.

— Je dis juste la vérité, répliqua la dénommée Tamara en haussant les épaules. C'est vrai, quoi, quelle femme ne voudrait pas se mettre à la colle avec ces gars ? Je n'ai jamais couché avec Hunter, mais je parie que c'est un monstre au lit, lui aussi. Et Cruz... Miam.

— Tamara, la mit à nouveau en garde Kramer.

Elle se contenta de glousser et de lui chatouiller l'oreille.

— Une femme peut rêver. Tu n'es pas d'accord, chéri ?

Nina n'en croyait pas ses oreilles. Qu'est-ce qui débloquait chez elle ? Ce que Nina et Boone avaient partagé n'était pas une partie de jambes en l'air monstrueuse, c'était une véritable connexion, qui allait bien au-delà du physique. C'était... c'était...

La destinée, murmura une voix tragique dans son esprit.

Nina cacha son visage dans ses mains et se recroquevilla, criant et appelant mentalement Boone.

Je suis vraiment désolée. Boone, aide-moi. S'il te plaît...

Chapitre 15

À l'instant où Nina disparut, Boone s'affaissa sur une chaise, posa les coudes sur ses genoux et enfouit son visage entre ses mains.

Elle était partie. La meilleure chose qui lui était jamais arrivée était partie.

Boone...

Il sentait son appel, mais il coupa la connexion. Nina était mariée. Elle avait oublié son mari. Qu'est-ce que cet oubli disait d'elle ?

Cet homme est une pourriture ! hurla son loup. *Ce doit être une espèce d'arnaque.*

Oui, sauf qu'il avait vu le certificat de mariage, et Nina avait confirmé le lieu et la date.

Il n'arrivait pas à chasser de son esprit son regard dévasté nila façon dont Kramer avait remué le couteau dans la plaie.

« Hasta luego », avait-il lancé à voix haute, non sans ajouter un « Connard », directement dans l'esprit de Boone, auquel il avait adjoint un éclat de rire triomphant.

« Et voilà, j'emmène une deuxième femme loin de toi, Boone. On peut dire que le meilleur gagne... encore une fois, je suppose. »

Boone crispa les doigts sur son jean. Il avait été prêt à tailler Kramer en pièces, mais il avait dû se retenir. Nina étant vraiment mariée à cet enfoiré de Mike, il pouvait difficilement se battre pour la garder à Koa Point, même si ça le tuait de la voir partir. En plus, la presse s'était abattue sur le domaine comme une nuée de sauterelles, ce qui aurait énervé Silas, et à juste titre. Ils ne pouvaient pas se permettre d'avoir des humains qui fouinaient partout. Le domaine était leur sanctuaire, leur refuge, et les choses étaient déjà assez précaires comme ça. Le propriétaire du domaine ne voulait pas révéler son identité à qui que ce soit d'autre que Silas, cependant il était clair que cette personne aimait son intimité. L'arrivée des médias pourrait entraîner l'expulsion de Boone et de ses amis de ce qui était un mode de vie plutôt agréable.

Qui se soucie de ça ? Nina est notre compagne ! cria son loup.

Boone se rembrunit. Il le pensait aussi, mais apparemment, il avait commis une autre erreur monumentale. Si Nina avait pu oublier son mari, elle pourrait l'oublier également, surtout avec cinquante millions de dollars à dépenser. Le sort ne faisait que se jouer de lui. Les compagnons prédestinés n'étaient qu'une légende, un conte de fées que les métamorphes se transmettaient comme ces histoires qu'on se raconte autour d'un feu de camp. Rien de tout cela n'était vrai : son cœur brisé était là pour le prouver.

La meilleure nuit de tous les temps.

Les mots de Nina résonnaient encore dans son esprit. Il ricana. Oui, suivie par la pire journée de sa vie.

Ses amis regagnèrent en silence l'*akule hale*. Il ne leva pas la tête, même lorsque Hunter lui servit un verre, avant d'en remplir deux autres et de trinquer avec Cruz.

— À Nina, murmura Hunter de sa voix profonde de grizzly. Qu'elle trouve le bonheur qu'elle mérite.

Les oreilles de Boone tiquèrent. Même Cruz le grincheux était de la partie. Il devrait être assez courageux pour faire de même.

S'obligeant à relever le menton, il brandit son verre, même s'il ne réussit pas à articuler le moindre mot.

À Nina. À la femme que je croyais être ma compagne.

Elle l'est, putain ! Bats-toi pour elle ! cria son loup.

Cruz secoua la tête.

— Elle est riche et elle est mariée. C'est une sacrée façon de le découvrir.

Boone prit une longue inspiration. Merde, il ne s'était concentré que sur son propre choc et sa propre douleur. Il avait à peine pensé à Nina. Elle avait traversé tant de choses...

Il planta les poings dans ses genoux.

N'ouvre pas cette porte. N'y pense pas. Ça ne fera que te faire souffrir encore plus.

Cruz soupira et s'appuya contre l'un des troncs tordus qui soutenaient le toit de chaume et regarda au loin. Hunter s'assit à la table d'angle et ouvrit un ordinateur portable.

— Qu'est-ce que tu fais ? maugréa Boone.

— Je vérifie les dossiers de divorce. Juste au cas où.

Le cœur de Boone frémit d'espoir, quoiqu'il sache combien c'était futile. Nina s'était souvenue de cette fouine de Mike. Ça le tuait de la voir partir, mais un fait était un fait. Bordel, la vie était parfois tellement nulle !

Il racla le sol de la pointe du pied, histoire de remplir le vide. À part le bruit des doigts énormes de Hunter qui tapaient sur le clavier, tout était silencieux. Les oiseaux avaient cessé de chanter et la terre de bourdonner, comme s'ils étaient eux aussi en deuil. Le soleil brillait toujours, pourtant le ciel était blême et vide. Comme lui.

Hunter grogna à l'attention de l'ordinateur portable et tapa encore quelques touches.

— Merde, marmonna-t-il en appuyant sur « Effacer » et en essayant à nouveau.

Cruz ricana.

— Je t'ai dit que tu es trop gros pour ce truc.

— Alors, vas-y, dans ce cas, répliqua Hunter en orientant l'ordinateur portable vers Cruz.

À la grande surprise de Boone, le métamorphe tigre se contenta de croiser les bras en signe de refus catégorique, avant de céder et de s'asseoir à côté de Hunter. Boone le fixa du regard. La famille de Cruz avait été anéantie par des humains pendant qu'il n'était pas là et ses cicatrices étaient profondes.

— Tu détestes les humains plus que n'importe lequel d'entre nous, déclara Boone.

— En effet, se contenta de répliquer son ami.

— Qu'est-ce que tu fais, alors ? demanda-t-il en inclinant la tête.

— Je cherche les dossiers de divorce, idiot.

Il tapa sur le clavier et Hunter pointa quelque chose sur l'écran et Cruz embraya d'un clic.

— Pourquoi ? insista Boone, perplexe.

Pourquoi Cruz l'aidait-il ? Ce dernier leva les yeux.

— Parce que nous sommes solidaires. Ensemble, n'est-ce pas ? Même si tu es le putain de loup le plus stupide de la planète.

Hunter sourit.

— Hé ! protesta Boone. Moi, je suis stupide ?

— Oui, acquiesça Cruz avant de retourner à ses recherches.

Boone poussa un grognement et son ami tapa brusquement sur la table.

— Je fais ça pour toi, connard, pas pour moi. Parce que je te suis redevable. Parce que tu l'aimes.

— Je ne...

Cruz ne l'écoutait pas.

— Parce que, qui sait, tu as peut-être encore une chance avec ta compagne, même si tu es un imbécile de loup qui ne la mérite pas.

Hunter lui adressa un signe de tête.

— Hé ! s'insurgea Boone en lui décochant un regard agacé.

Hunter haussa les épaules.

— Il a raison. Regarde Kai et Tessa. Tu ne veux pas avoir une chance avec ta compagne prédestinée ?

Boone serra les dents. Pas question que son cœur soit de nouveau réduit en miettes. Il ne pourrait pas le supporter.

— Les compagnons prédestinés, c'est un mythe.

Hunter ricana et même Cruz lui lança un regard sévère.

— Quoi ? Vous croyez à ces conneries ? demanda Boone.

Ils se regardèrent, puis hochèrent la tête. Hunter pointa Boone du doigt.

— Tu as rencontré Nina... quoi ? Il y a deux jours ?

Boone se redressa. Cela ne faisait que quelques jours ? Il avait l'impression de la connaître depuis toujours. Une éternité de bonheur où le temps avait filé parce qu'elle était là et qu'elle était tout ce dont il avait besoin.

— Deux jours, et tu savais déjà que c'était elle, déclara Hunter.

— C'est déjà ce que j'avais cru avec Tammy.

— Cette femme-là n'est rien d'autre qu'un nid à emmerdes, gronda Cruz.

Boone soupira. Comme s'il avait besoin qu'on le lui rappelle.

— Le fait est que j'étais totalement sûr de mon coup avec elle.

Hunter se contenta de hausser les épaules.

— Peut-être que tu ne peux pas le voir, mais nous, si. Avec Tammy, merde, on aurait dit que ton cerveau était débranché.

Boone grimaça.

— Avec Nina, c'est comme si une lumière s'était rallumée en toi.

Boone le dévisagea. Un grizzly pataud lui faisait-il vraiment la leçon sur l'amour ?

— Dixit l'homme qui prétend ne pas être désespérément amoureux de l'agent Meli.

Hunter s'était entiché de la policière locale depuis aussi longtemps que Boone le connaissait, mais il ne l'avait jamais admis ni ne l'avait approchée. Pourquoi ?

— Ne change pas de sujet, loup. C'est de ta compagne qu'on parle, pas de la mienne.

Cruz redressa brusquement la tête et Boone et lui fixèrent le métamorphe ours. Hunter se tortilla sur son siège, puis leur fit sa grimace la plus féroce.

— Tu veux ta compagne ? Alors, fais quelque chose. Ou bien tu préfères t'enfouir la tête dans le sable et te mentir à toi-même ?

Les poils sur les bras de Boone se hérissèrent alors que son loup refaisait surface.

— La vérité, c'est qu'elle est mariée.

— Mariée à une fouine qu'elle ne peut même pas regarder, peut-être, fit Hunter en secouant la tête. Tout ce que ça montre, c'est que tu n'es pas le seul à t'être trompé.

Boone serra les dents. Hunter avait-il raison ou bien l'ours avançait-il en terrain glissant ? Allait-il vraiment oser mettre de nouveau son cœur en jeu ?

— Ce genre de mariage n'est qu'un morceau de papier, Boone. Vas-tu vraiment y accorder plus de poids qu'à la destinée ?

Boone s'obligea à déglutir.

La meilleure nuit de tous les temps.

Il secoua la tête. La nuit précédente avait été annonciatrice d'une multitude de bonnes choses.

Il resta sans rien dire pendant que son esprit survolait tous les petits moments qu'il avait partagés avec Nina au cours du peu de temps qu'ils avaient passé ensemble. La joie qu'il avait éprouvée quand elle avait refermé les bras autour de sa taille, pendant le trajet à moto jusqu'à la ville. La façon dont son sourire allumait mille bougies parfumées dans son âme. La façon dont sa voix apaisait son âme.

Cela pouvait-il réellement être vrai ?

« Non. »

Il se souvint de la réponse de son cousin quand ils étaient tous les deux adolescents.

« Qui a besoin d'une compagne ? »

Il avait professé cette opinion pendant des lustres, mais même Ty Hawthorne, un alpha dur à cuire de l'Arizona, avait fini par tomber profondément amoureux. Il été muscles plutôt qu'âme avant de rencontrer sa compagne prédestinée, toutefois elle avait fait ressortir le meilleur de lui, l'aidant à devenir un meilleur chef de meute grâce à l'équilibre qu'elle apportait à sa vie.

« Avec Nina, c'est comme si une lumière s'était rallumée en toi. »

Boone prit une profonde inspiration, se demandant si cette lumière venait de s'éteindre ou si c'était lui qui s'en cachait.

Le téléphone à côté de Hunter se mit à sonner. Ils tournèrent tous le regard vers l'appareil.

— C'est Silas, murmura-t-il en vérifiant l'identité de l'appelant.

Boone jura intérieurement. Le dragon avait-il déjà eu vent de ce qui s'était passé ? Les reporters avaient-ils déjà diffusé des images ou des informations sur le lieu où se trouvait Nina ?

Le portable sonna encore une fois, et ils l'observèrent de nouveau.

— Il va être furieux que Koa Point fasse la une des journaux, marmonna Boone.

— Il va être furieux que tu aies laissé Nina prendre la Pierre de Feu, souligna Cruz.

— Elle lui appartenait. Le vieux type la lui a donnée à sa mort.

— Oui, il la lui a donnée. Tu as laissé Nina la garder, et maintenant elle est avec Kramer.

Boone s'assit. Putain de merde, il n'y avait pas pensé à ce moment-là ! Il avait seulement tenté de faire ce qui était juste, à un moment où son âme se brisait.

Les sonneries du téléphone s'égrenaient, chacune plus pressante que la précédente.

— Tu vas répondre ? demanda Cruz à Hunter.

Celui-ci laissa encore passer trois sonneries stridentes.

— Je me dis que je pourrais être au travail. Je ne peux pas toujours entendre le téléphone quand je me trouve au garage, figure-toi.

Cruz regarda Boone.

— Et toi ?

Boone se mordilla la lèvre. Il devrait vraiment décrocher, toutefois il n'aimait pas trop l'idée de s'attirer la colère d'un dragon. De plus, à la minute où Silas découvrirait le fin mot de l'histoire, il voudrait s'impliquer, alors que quelque chose au fond de lui soufflait qu'il devait s'en sortir seul.

Pour faire tes preuves, admit son loup.

Boone soupira. C'était ça, ou prouver qu'il était un imbécile.

Fais confiance à ton cœur, murmura une voix au fond de son esprit.

La voix profonde et ancienne du destin.

Elle mérite que tu prennes le risque, siffla son loup.

— Tu décroches ? demanda Hunter à Cruz par-dessus la sonnerie du téléphone.

— Tu penses bien que non.

Tous deux regardèrent Boone.

La balle est dans ton camp, mon pote.

Boone ferma les yeux. La première image qui lui vint fut celle de Nina, assise sur le rocher près de la plage, le vent ébouriffant ses cheveux. Et il ne lui en fallut pas davantage pour prendre sa décision.

— Pousse-toi.

D'un coup de coude, il éloigna Cruz de l'ordinateur portable pendant que le téléphone sonnait toujours, sans qu'il y prête attention.

Son esprit passa en mode professionnel, aussi concentré que lors des missions qu'ils avaient menées ensemble, où leur vie était en jeu. Mais cette nouvelle mission, il se l'assignait à lui-même et cela la rendait encore plus vitale.

D'abord, il devait découvrir si Nina avait demandé le divorce ; cela contribuerait au moins à le rassurer. Ensuite, il devrait découvrir où Kramer se rendait et ce qu'il avait prévu de faire.

— Vérifie l'aéroport, murmura-t-il à Cruz. S'ils ont réservé un vol, je veux le savoir.

Son ami lui répondit par un large sourire et tira de sa poche un appareil GPS qui clignotait.

— Ma police d'assurance. J'ai collé un mouchard sur le pare-chocs de la voiture de Kramer.

Boone administra une grande claque dans le dos du tigre.

— Je te revaudrai ça, mec.

— J'espère bien, grogna-t-il en vérifiant l'écran de l'appareil. Ils ne vont pas à l'aéroport.

— Ils vont où, alors ?

Cruz se leva pour aller chercher une carte et il n'en fallut pas plus pour que les trois amis se retrouvent immergés dans la mission. Boone fit une pause d'une fraction de seconde. Depuis qu'ils avaient quitté l'armée, ils étaient tous partis à la dérive pendant un certain temps. Lui, surtout. Il lui manquait le sens de l'objectif, la structure et le dynamisme que l'armée lui avait offerts. Cependant, il était à présent de retour au combat avec le soutien des hommes en qui il avait le plus confiance. C'était comme au bon vieux temps, mais en plus important, car il s'agissait de la mission de sa vie. Il avait promis sa protection à Nina. Il lui avait promis que tout irait bien.

« *Tu es responsable pour les choses qui comptent* », avait dit Nina en montrant une immense confiance en lui.

— Je vais accorder trois minutes à ce moteur de recherche, et ensuite, on se lance à leur poursuite, déclara-t-il aux autres.

Le téléphone cessa de sonner et Boone s'autorisa un petit soupir de soulagement. Ce n'était qu'une question de temps avant que Silas rappelle. En attendant, Boone tiendrait ses promesses et suivrait son cœur. Même s'il devait tomber d'une falaise, bordel, il suivrait son cœur !

Chapitre 16

Au début, Nina espéra que Kramer la ramènerait au Kapa'akea Resort. Il y avait là-bas suffisamment de visages familiers pour qu'elle puisse signaler sa détresse aux vigiles, à Toby le voiturier, ou à toute autre personne qu'elle connaissait. Mais Kramer dépassa la longue allée, en veillant à rester juste en dessous de la vitesse autorisée. Il avait même eu le culot de saluer amicalement l'agent Meli au passage.

— Où allons-nous ? demanda-t-elle.

— Je te l'ai dit. On rentre à la maison, répondit Mike.

Elle garda les yeux sur Kramer. Elle ne voyait que trop clairement qui commandait ici : les deux personnes sur les sièges avant. Avec ses yeux d'animal aux aguets, Kramer dégageait une force à peine domestiquée. Il ressemblait énormément à Boone, tout en étant complètement différent. Il était la nuit, et Boone était une journée ensoleillée. Tamara la faisait frissonner elle aussi, sans même parler de sa voix langoureuse et de ses mouvements sensuels.

Hunter y avait fait allusion quand il l'avait conduite du Kapa'akea Resort à Koa Point, non ? « Boone peut se débrouiller. Ce qui m'inquiète davantage, c'est elle. La sorcière. »

Nina n'avait pas pris ce commentaire au pied de la lettre, mais maintenant, elle se demandait si elle n'aurait pas dû.

Kramer sourit à la réplique de Mike et lança à Tamara un regard en coin qu'elle lui retourna avec un sourire.

Un frisson glacé parcourut l'échine de Nina. Ils n'avaient pas l'intention de les laisser rentrer chez eux, ni elle, ni Mike.

— Où allons-nous ? répéta-t-elle en fixant Kramer.

— Il est grand temps que tu explores un peu Maui, chérie. Ne t'inquiète pas, ce sera génial.

Mais oui, génial, bien sûr. Nina se renfonça aussi loin que possible dans son siège, le cerveau tournant à mille à l'heure. Y avait-il quelque chose dans son sac à dos qu'elle pourrait utiliser comme arme ou un dispositif de signalisation ? Elle en aurait pleuré ; tout ce qu'elle avait là-dedans, c'étaient des vêtements, un ours en peluche et la pierre précieuse.

Son cœur se mit à battre la chamade. La pierre précieuse. Kramer semblait être au courant, mais elle n'était pas sûre que ce soit le cas de Mike. Les articles de magazine qu'elle avait lus n'avaient pas mentionné le rubis quand ils avaient détaillé son héritage. Peut-être pourrait-elle l'utiliser en échange de sa vie ? Ou alors elle pourrait le jeter et s'enfuir une fois qu'ils seraient sortis de la voiture. Dans le pire des cas, elle pourrait frapper le visage d'un agresseur avec le tranchant de la pierre, si les choses en arrivaient là. Elle resta assise sans bouger. Était-ce une éventualité ?

Merde. Oui, c'était possible. Mike avait essayé de la tuer en la jetant d'un bateau. Qu'est-ce qui l'empêchait de l'attaquer une seconde fois ? Eh bien, les journalistes, pour commencer. Kramer et lui ne pouvaient pas la liquider après avoir été vus en train de partir avec elle, si ? Il leur faudrait un alibi…

Elle se mordilla la lèvre, résolue à envisager le pire. La gemme était le seul atout qu'elle pourrait glisser dans sa manche. Mais comment parvenir à la sortir de son sac à dos sans être vue ?

Elle se mit à sangloter de façon hystérique, sortant toutes les inepties qui lui venaient à l'esprit.

— S'il vous plaît, ne me faites pas de mal. Pitié, laissez-moi partir. Oh mon Dieu, s'il vous plaît…

Elle se recroquevilla sur son sac à dos et y faufila la main, tâtonnant pour trouver la boîte à bijoux tout en continuant son cinéma.

— Oh mon Dieu, s'il vous plaît…

— Ferme-la, gronda Kramer.

— Ouais, ferme-la, Nina, renchérit Mike.

Elle ouvrit l'écrin, agrippa d'un doigt la chaîne en argent et enroula doucement le collier autour de ses doigts jusqu'à ce que le rubis se retrouve au creux de sa paume.

— Je croyais que tu m'aimais, sanglota-t-elle tout retirant sa main avec une lenteur exaspérante avant d'enfouir le rubis au fond de sa poche.

— C'est toi qui as voulu divorcer, grogna Mike avant de se pencher vers le siège avant. Il est loin, l'hélico ?

Nina s'essuya les yeux. L'hélico ? Kramer voulait la faire décoller de Maui ? Où l'emmènerait-il ? Oahu se trouvait dans une direction et la Grande Île dans l'autre, avec une sacrée étendue d'eau entre les deux. Ses trois ravisseurs pourraient simplement la pousser hors de l'appareil.

Soudain, elle comprit. Kramer et Tamara allaient aussi faire faire le grand plongeon à Mike. Ce dernier n'avait vraiment aucune idée de la personne avec laquelle il s'était acoquiné. Hunter avait traité Kramer de mercenaire, et Nina n'avait aucun doute là-dessus. Mike avait peut-être pour projet de la tuer, cependant Kramer retournerait ce plan à son propre avantage.

— Merde, Mike, dans quoi t'es-tu fourré ? demanda-t-elle sans prendre la peine de chuchoter.

— Je viens de m'assurer une vie facile, princesse, répondit-il avec un sourire.

Les lèvres de Kramer se retroussèrent, ce qui confirma son intuition. Bordel, ce que Mike était bête ! Et ce qu'elle avait été bête de l'épouser, même s'il avait été un peu différent à l'époque !

Elle garda le silence pendant que la voiture suivait les circonvolution de la route côtière, achevant d'assembler les dernières pièces du puzzle de ses souvenirs. Elle se rappelait avoir accepté à contrecœur la suggestion de son notaire qui consistait à s'installer dans un complexe hôtelier luxueux de Maui, afin d'échapper à la presse. L'idée lui avait semblé extravagante sur le moment, mais elle était sensée et les choses s'étaient calmées à son arrivée. Toutefois, un message avait été glissé sous la porte de sa suite, un message qu'elle avait attribué au concierge. Elle devinait à présent que Mike avait réussi à se faufiler à l'intérieur. Il s'était agi d'une invitation pour une croisière au coucher du soleil, à bord d'un bateau nommé *Pêcheur d'anges*. Le message avait été signé de son notaire, néanmoins elle aurait parié que les signatures ne correspondraient pas si elle les comparait.

Elle n'avait pas vraiment été intéressée par une croisière au crépuscule, mais elle avait été trop polie pour refuser. Après tout, quelqu'un s'était donné du mal pour elle…

Elle rit amèrement en son for intérieur. En fait, quelqu'un s'était donné du mal pour essayer de la tuer. À savoir : Mike et le capitaine du bateau. Elle n'avait pas été avertie de la présence de son ex-mari à bord jusqu'à ce qu'ils se retrouvent au large.

Elle avait passé les derniers jours à souhaiter pouvoir se rappeler son passé. Maintenant, elle voulait chasser ces souvenirs qui la faisaient couler et revivre cette expérience terrifiante.

« Nina, ma chérie, on devrait vraiment se remettre ensemble », avait lâché Mike en sortant de la cabine, ce qui lui avait causé un choc affreux.

Elle avait aussitôt vu clair en lui. Il n'était intéressé que par l'argent. Alors, face à sa résistance, il l'avait attaquée et poussée par-dessus bord avec l'aide du capitaine.

Merde, si seulement elle n'était jamais montée sur ce bateau !

Elle coupa court à cette réflexion. Si elle n'avait jamais grimpé à bord de ce bateau, elle n'aurait jamais rencontré Boone, dont les yeux lui donnaient de la force, et dont les caresses…

Son ventre se noua quand elle se rappela la peine qui s'était peinte sur son visage à l'arrivée de Mike. Boone l'avait abandonnée. Elle était seule. Cette pensée lui donna envie de se plier en deux et de sangloter. Pour de vrai cette fois, pas pour faire diversion.

Elle prit une grande inspiration. Elle avait survécu à une tentative d'assassinat par noyade. Si elle gardait la tête froide, elle survivrait à cette nouvelle épreuve, pas vrai ?

Elle examina Kramer et Tamara, redoutant la mise en scène d'un « *accident* ». Une fois qu'ils seraient en possession des cinquante millions et du rubis, ils voudraient la voir morte. Et Mike aussi.

— Enfin, grommela celui-ci quand Kramer s'engagea sur une route secondaire pour gravir un chemin privé.

Le portail s'ouvrit silencieusement puis se referma dès que le Hummer l'eut franchi. Le claquement métallique des battants derrière eux fit tressaillir Nina. Elle se trouvait sur une propriété privée ; son dernier espoir qu'on vienne à son secours s'envola.

Kramer suivit une longue allée puis se gara sur un espace ouvert, devant les restes calcinés d'un manoir incendié. À en juger par la pelouse envahie de mauvaises herbes, personne n'avait passé beaucoup de temps ici récemment.

— Sors, grogna Mike.

Son sac à dos serré contre elle, Nina se glissa dehors. Elle en profita pour enfoncer encore plus le rubis dans sa poche. Et maintenant, qu'allait-il se passer ?

L'endroit était entouré de haies épaisses qui l'isolaient du monde extérieur. Un carré de béton occupait le centre de la propriété, où deux bâtiments subsistaient : un garage et ce qui ressemblait à une maison d'hôtes.

— J'ai besoin d'aller aux toilettes, tenta-t-elle.

Tamara sourit, mais sa voix n'était que fiel :

— Mais naturellement.

— Emmène-la, ordonna Kramer à Mike. Et garde un œil sur elle.

Nina reprit espoir : ni Tamara ni Kramer ne semblaient avoir l'intention de la suivre. Peut-être pourrait-elle échapper à Mike, puis se faufiler hors de la propriété.

Kramer claqua des doigts, ce qui obligea Nina à pivoter.

— Laisse ton sac à dos ici.

Ses yeux étincelèrent, la mettant au défi de protester. Elle soutint son regard. Ce n'était pas un effet d'optique : il avait les yeux qui étincelaient vraiment.

— Tu viens, oui ou non ? l'appela Mike en l'entraînant.

Elle laissa son sac à dos dans le Hummer, espérant que ce geste apaiserait Kramer, avant de suivre Mike jusqu'à la petite maison.

— Là, indiqua-t-il en lui désignant la salle de bains.

Il lui tint la porte ouverte et la lorgna.

— Vas-y.

— Tu vas rester à me reluquer ? demanda-t-elle en le fusillant du regard.

— Oui, s'esclaffa-t-il. Juste au cas où.

Heureusement qu'elle n'avait pas vraiment besoin des toilettes.

— Mike, écoute, commença-t-elle. Tu es complètement dépassé par la situation.

— Ah ha. Tout est sous contrôle.

Elle s'approcha en secouant la tête.

— Ce Kramer, c'est un mercenaire. Un tueur…

— Juste ce dont j'avais besoin, gloussa son ex-mari.

Nina s'interrompit. L'aveuglement émotif qui l'avait fait tomber amoureuse de lui des années plus tôt avait bel et bien disparu, toutefois l'entendre parler si grossièrement de sa mort…

— Sérieusement, Mike. Réfléchis bien. Qu'est-ce qui empêchera Kramer de te tuer ?

Mike lui lança un regard vide.

— Pourquoi il me tuerait ? Je le paie.

— Du moment qu'il m'a, répliqua-t-elle en secouant la tête, pourquoi aurait-il besoin de toi ?

— Tu n'es pas mariée avec lui.

Nina comprenait que Kramer avait d'autres moyens de l'obliger à lui céder plus de cinquante millions de dollars… ainsi qu'un joyau de plusieurs millions supplémentaires.

— Partons d'ici, Mike. Fuyons. Je me fiche de l'argent. Je te donnerai tout. Partons d'ici et on s'arrangera plus tard.

Il se tut, réfléchissant à sa proposition, mais tourna vivement la tête sur la gauche en entendant un bruit. Nina le distingua elle aussi : le grondement d'un moteur brassant l'air.

— L'hélicoptère arrive, murmura-t-il.

— On n'en a pas besoin. Tu n'en as pas besoin, implora-t-elle. Vite, allons-y…

— Vite, allons-y où ? intervint Tamara qui avait surgi dans leur dos.

Nina se figea.

— Rien, lança Mike, tel le parfait abruti qu'il était.

Tamara avança de sa démarche chaloupée pour toucher son épaule. Il tressaillit, puis se pencha alors qu'elle commençait à parler d'une voix chantante :

— Allons, chéri. Ne me dis pas que tu envisages de changer de plan, roucoula-t-elle en promenant sa main sur son torse.

Il ferma les yeux et se racla la gorge.

— Ne me dis pas que tu veux partir avant qu'on se soit bien amusés, murmura-t-elle en lui léchant pratiquement l'oreille.

Nina les contempla, choquée, alors que Mike tombait sous le charme de cette femme. Il s'appuya contre elle pour lui renifler le cou. Et ce fut seulement lorsqu'il tendit la main que Tamara s'éloigna avec dédain. Il resta planté là, les yeux vitreux pendant quelques secondes supplémentaires, avant de cligner et regarda autour de lui.

— Il est temps d'y aller, ordonna Tamara sur un tout autre ton.

Mike obtempéra et Nina ne put s'empêcher de lancer à la sorcière :

— Qu'est-ce que tu fais ? Tu hypnotises les hommes ?

Tamara lui adressa un sourire de crocodile, tandis que Mike s'en allait.

— On peut dire ça comme ça.

— « On peut dire ça comme ça » ? répéta-t-elle avec un mépris non dissimulé.

— En tout cas, ça a bien marché sur Boone !

Le commentaire réduisit Nina au silence. Boone avait couché avec d'autres par le passé, c'était une évidence. Mais penser qu'il avait été l'amant de cette femme...

— Et putain, il a fait ce que j'attendais de lui quand j'ai tiré les bonnes ficelles, fanfaronna Tamara en la contournant comme une araignée qui tisserait une toile. S'il s'est montré seulement à moitié aussi doué au lit avec toi, je parie que tu as apprécié.

Nina ferma les yeux, bloquant les images qui surgissaient de nulle part, comme celle de Boone se jetant sur le corps de Tamara et lui donnant du plaisir de toutes les façons possibles.

Cette dernière gloussa.

— Et peut-être qu'il ne t'a pas trouvée trop mauvaise non plus, chérie. Tu as un regard de biche perdue. Je parie qu'il est amateur du genre. Ce bon vieux Boone toujours prêt à défendre la veuve et l'orphelin. Mais tu sais quoi ?

Sa voix baissa d'une octave, ce qui la rendit affreuse.

— Personne ne vaut pas la peine d'être sauvé. C'est chacun pour soi, voilà ce que je crois. Qu'est-ce que tu en penses, chérie ?

Nina serra les dents. Elle n'était pas d'accord. Le monde avait du bon et du mauvais. Sa mère en était la preuve, tout comme ce bon vieux Lewis McGee. Sans parler de Boone.

Boone ! cria-t-elle mentalement. *Boone...*

— Avance, aboya Tamara en la poussant vers la porte.

Le bruit de l'hélicoptère à l'approche était assourdissant et Nina se recroquevilla à côté de Mike, les mains sur les oreilles. L'appareil passa en vol stationnaire à trente centimètres du sol, ses pales tranchant l'air. Il se posa ensuite et le vrombissement s'éteignit lorsque le pilote coupa le moteur.

Quatre hommes à la stature imposante en sortirent, tous vêtus de treillis militaires, mais sans insignes. Kramer salua chacun d'eux d'une tape dans le dos.

De nouveaux mercenaires, comprit Nina, dont les espoirs d'évasion ne cessaient de s'amenuiser.

Elle se dirigea vers le Hummer, et quand Kramer fit volte-face, elle leva les mains en l'air.

— Je dois récupérer mon sac à dos.

Il lui adressa le sourire cruel et égoïste dont il avait le secret.

— D'accord. Va le chercher et ensuite, fais grimper ton joli petit cul dans l'hélico.

Elle eut un mouvement de recul. Que lui réservait exactement Kramer ? L'hélicoptère affichait complet avec les quatre arrivants, donc tout le monde n'y monterait pas. Qui le mercenaire allait-il laisser derrière lui ? Et les laisserait-il morts ou vivants ?

Elle caressa le rubis dans sa poche. Il était chaud, plus chaud que son corps, et bizarrement, ce constat lui donna de l'espoir.

— Bouge, grogna Mike.

Nina s'apprêtait à protester lorsque le bruit d'une collision assourdissante la fit plonger pour se protéger. L'équipe de Kramer passa aussitôt en mode « alerte », se dispersant, prête à agir. La collision fut suivie d'un son qui fendit l'air, et bientôt une Jeep fut en vue : une noire, dont le côté avant droit était cabossé. Le cœur de Nina fit un bond dans sa poitrine, et elle poussa un cri de soulagement étranglé.

— Attendez ! hurla Boone en sautant du siège du conducteur.

Elle sentit ses genoux flageoler. Il ne l'avait pas abandonnée. Il était venu la sauver et, d'une manière ou d'une autre, tout allait bien se passer.

Cruz bondit de la banquette arrière, aussi gracieux qu'un félin, et Hunter se dégagea du côté passager avant de s'étirer de toute sa hauteur. Les hommes de Kramer étaient grands, mais Boone et ses camarades les dépassaient. Ses preux chevaliers. Sauf qu'ils n'étaient que trois, alors que Kramer avait... Nina effectua un rapide décompte. Quatre mercenaires et le pilote en plus de lui, cela faisait six. Avec Tamara, on arrivait à sept, et qui savait de quoi elle était capable ? Mike portait leur nombre à huit, cependant il était comme un petit poisson d'eau douce dans un bassin de requins.

— Ah, Boone. De retour pour une nouvelle correction ? ironisa Kramer alors que ses hommes se déployaient pour encercler la Jeep.

Nina se précipita vers les nouveaux arrivants, sans trop savoir ce qu'elle ferait une fois à leurs côtés. Ce n'était pas le moment de serrer Boone contre elle, même si elle brûlait d'envie de le faire. Ce n'était pas non plus le moment de lui expliquer la situation avec Mike. Ni celui de réfléchir.

Boone résolut son dilemme en l'attrapant pour la faire passer derrière le rempart de son corps.

— Reste là, murmura-t-il en lui pressant doucement la main.

Jamais un petit geste n'eut davantage de signification. Pas depuis que sa mère, impuissante, étendue sur son lit, lui avait communiqué son amour, son espoir et sa force spirituelle d'une infime pression des mains.

Elle déglutit et se prépara à ce qui allait suivre. Elle devait à sa mère d'affronter tout ce que la vie dressait en travers de son chemin.

Elle s'attendait à entendre le cliquetis d'une demi-douzaine de fusils qu'on armait, pourtant aucun des mercenaires ne sortit seulement une arme.

— Je suis revenu pour te donner une leçon, marmonna Boone.

— Ta leçon, je la connais déjà, s'esclaffa Kramer. Le meilleur gagne. Moi, Boone. C'est moi.

— Il ne s'agit pas de gagner, répliqua-t-il en secouant la tête.

Kramer répondit d'un gloussement :

— Tu dis ça parce que tu es sur le point de perdre. Une fois de plus.

Boone adressa un signal subtil à ses amis qui s'avancèrent, lui accordant une seconde pour se tourner vers Nina.

— Il s'agit d'amour. Je t'aime, Nina. J'aurais dû démasquer ces connards sur-le-champ. Je suis vraiment désolé. Tu me pardonnes ?

— Et toi, tu me pardonnes ? geignit-elle en lui agrippant les mains. Je t'aime, Boone.

Ses yeux étincelèrent, faisant réapparaître le yang du yin obscur de Kramer, cette lueur animale. Il lui embrassa le bout des doigts et la regarda dans les yeux.

— Quoi qu'il arrive ensuite, tu dois me faire confiance.

Elle serra ses mains.

— Bien sûr que je te fais confiance.

La tristesse déferla dans les yeux de Boone ; visiblement, il y avait des choses qu'elle ignorait encore. Pourtant, une seconde plus tard, cette tristesse fut remplacée par une détermination sans faille.

— Tu dois avoir confiance en moi, en Hunter et en Cruz. As-tu toujours le rubis ? Il pourrait nous aider.

Il pourrait les aider ? En quoi un joyau pourrait-il être utile au combat ?

— Garde-le près de toi et tiens-toi à l'écart de la bataille. Reste en sécurité, Nina. On va te sortir de là. Je te le jure.

Lui tournant le dos, il se plaça face à Kramer. Son amant ensoleillé et décontracté semblait soudain fait de pierre et non de chair. Un soldat déterminé à vaincre.

— On va partir, à présent, annonça-t-il.

— Ben voyons, ricana Kramer.

— Tu vas nous en empêcher ?

— Tu sais bien que oui, rétorqua-t-il.

Ses hommes approchaient. Nina sentit ses genoux se dérober sous elle.

— Tu sais ce qui va arriver, poursuivit-il. Tu veux vraiment qu'elle voie ça ? Qu'elle découvre la vérité ?

Nina toucha le dos de Boone. De quelle vérité parlait Kramer ?

— Tu veux vraiment qu'elle te voie hurler de douleur ? *Hurler*, Boone, puis mourir ?

Kramer faisait allusion à quelque chose que Nina ne pouvait pas comprendre. Boone exerça une nouvelle pression sur sa main et lui chuchota, par-dessus son épaule :

— Tu me fais confiance ?

— Tu sais que oui.

Il hocha alors la tête, puis cria :

— C'est un combat qui se conclura par ta mort, Kramer, pas la mienne.

— Tu veux parier ? répliqua le concerné avant de prévenir ses hommes. Personne ne le tue à part moi. Et la femme, on la prend vivante. Pigé ?

Nina glissa la main dans sa poche, en quête de l'énergie positive du rubis.

— Bien, lâcha Kramer. Je vais savourer cette expérience, Boone. Je savourerai peut-être aussi ta femme, plus tard.

Nina serra les poings.

Bombant le torse, Kramer décrivit un mouvement ample du bras et cria :

— Que le combat commence !

Chapitre 17

Nina ne savait pas à quoi s'attendre, mais certainement pas au grognement sourd qui monta de la gorge de Boone.

— Boone ? chuchota-t-elle dans un silence de mort.

— Fais-moi confiance, répliqua-t-il d'une voix étouffée.

Elle lui faisait confiance. Simplement, elle... waouh. Hunter grognait aussi ? Elle tourna la tête et vit ce dernier remuer ses larges épaules. Une troisième voix se joignit à eux : Cruz, dont le propre grognement baissa d'un demi-ton pour se faire rauque et menaçant.

Était-ce une pratique étrange qui avait cours chez les soldats ? Mais Kramer grogna lui aussi et ses yeux s'embrasèrent. Virant au rouge sang même, ce qui lui donna la chair de poule. Elle tenait le rubis plus serré, absorbant sa chaleur.

Tu peux le faire, semblait lui dire la chaleur. *Tu peux endurer tout ce que tu veux.*

Bon sang, elle l'espérait.

— Prête pour le grand méchant loup ? hurla Kramer en s'avançant.

Nina le regarda fixement ; il se voûtait et levait les coudes, puis tourna la tête à gauche et à droite, comme un homme qui cherchait à échapper à un col trop serré.

— Mais c'est quoi ce délire ? murmura Mike en reculant.

Nina frémit intérieurement, luttant contre l'envie de fuir.

Kramer s'esclaffa encore, mais son rire se mua en un glapissement d'hyène. Sa langue lui pendait de la bouche et sa mâchoire...

Nina retint un cri lorsque cette mâchoire s'étira en un long museau et révéla une étonnante rangée de crocs. Soudain l'enfer se déchaîna sur Terre, et tout ce qu'elle put faire, ce fut se presser contre le pare-chocs de la Jeep et observer.

Boone rugit et tomba à quatre pattes. L'espace d'un instant, elle paniqua : on lui avait tiré dessus. Sa chemise, déchirée dans le dos, tombait de ses épaules. Son dos s'arrondit, son dos étrangement poilu...

Kramer grogna, attirant son regard. Sauf qu'il n'était plus là. Il y avait un loup à la place. Un loup énorme et sombre.

Elle le fixa du regard. C'était une hallucination. Il ne pouvait en être autrement.

Sauf que Boone également était un loup ; elle le comprit en voyant la queue qui s'agitait à un mètre d'elle. Cruz passa à quatre pattes lui aussi, perdant ses vêtements de la même manière violente, et sa peau prit un aspect étrange.

Des rayures, comprit-elle. Des rayures de tigre, et la longue queue et les terrifiantes mâchoires qui allaient avec.

Elle n'esquissa pas un geste, incapable de bouger. Pas avec une meute de loups devant elle, car les hommes de Kramer s'étaient tous transformés eux aussi. Et puis, elle était encerclée d'un loup supplémentaire, d'un tigre et... oh, merde ! D'un grizzly.

Hunter était un grizzly. Cruz un tigre. Boone un loup. Elle les voyait de ses propres yeux, pourtant elle n'arrivait toujours pas à assimiler l'information.

« Tu me fais confiance ? » lui avait demandé Boone, mais nom de Dieu, elle ne s'attendait pas à ça ! Si le rubis ne l'avait pas soutenue avec ses pulsations de chaleur, elle aurait pu se mettre à crier.

— Putain de merde ! balbutia Mike, blanc comme un linge.

Il trébucha en reculant, puis se précipita vers l'hélicoptère.

Pour sa part, Nina sentit sa gorge se nouer en voyant Boone et Cruz qui avançaient. Au même moment, les mercenaires de Kramer, tous des loups, se mirent en mouvement, resserrant le nœud coulant autour d'elle. Faute de place pour reculer, elle grimpa sur le capot de la Jeep. La cabine ouverte du véhicule offrait peu de protection ; passant une jambe par-dessus le pare-brise, elle sauta sur un siège pour gagner au moins un peu de hauteur.

Les grognements devinrent des grondements et les loups firent un bond en avant, marquant le début du combat. Deux d'entre eux se jetèrent sur Hunter, cependant le grand ours les repoussa d'un puissant coup de griffes. Une deuxième paire de loups attaqua Cruz, qui les évita d'un bond, effectua une vrille dans les airs et sauta sur le dos de l'un d'eux. Enfonçant ses dents dans la chair de l'animal, il le fit hurler et se rouler à terre. Mais le spectacle le plus effrayant fut celui de Boone et Kramer, s'écrasant dans un tourbillon de crocs et de griffes. Leurs babines retroussées révélaient des rangées de dents ivoire teintées de sang. Celui de Boone ? De Kramer ?

Nina se raccrocha au rubis et pria.

Tamara se tenait les bras croisés, observant la bataille avec un calme inquiétant. À l'instar du pilote de l'hélicoptère, qui frappa nonchalamment Mike ; ce dernier s'était précipité vers lui pour le supplier de décoller et de le mettre en sécurité. L'homme dominait son ex-mari d'une bonne tête et Nina détourna le regard, effrayée de ce qu'elle risquait de voir. Le pilote allait-il se transformer en lion ? En panthère ? En un autre loup ?

Fais quelque chose ! hurla-t-elle à son corps congelé. *Fais quelque chose !*

Elle atteignit l'arrière de la Jeep, tâtonnant jusqu'à trouver une tige d'acier. La poignée trop courte d'un cric, mais elle n'allait pas faire la difficile. Et c'était aussi moins une, car à la seconde où elle mit la main sur cette arme improvisée, un loup lui sauta dessus.

Poussant un cri, elle le frappa avec ce bâton de cinquante centimètres. L'anirmal hurla et roula sur lui-même. Il avait surgi du côté de Cruz et le tigre poussa un rugissement de fureur. Ses yeux vert-jaune étincelaient de colère et ses griffes sorties ouvrirent cinq déchirures profondes dans le flanc du loup ennemi. Nina détourna le regard, scrutant son environnement. Hunter semblait bien s'en tirer : l'un de ses assaillants s'éloignait en boitant tandis que l'autre sautait de-ci de-là pour se mettre hors de portée. Boone et Kramer se livraient une bataille sans merci qui la fit grimacer Nina tant elle y décelait de la colère et de la douleur. Était-elle à l'origine de ce déchaînement ?

Il y eut un coup de vent derrière elle et elle se retourna juste à temps pour repousser le même loup. Un instant plus tard, une main énorme s'abattit dans son dos et agrippa son chemisier.

— Je t'ai eue, ma beauté, grogna une voix.

Nina rua, cria, griffa les mains qui la traînaient. Le pilote, car c'était lui, avait réussi à se faufiler derrière elle.

— Non ! cria-t-elle, se tordant et se débattant alors que l'homme lui plaquait une main sur la bouche et la tirait hors de la Jeep.

Boone rugit et voulut lui porter secours, mais Kramer lui sauta immédiatement dessus pour l'en empêcher. Cruz grogna, toutegois il était coincé lui aussi dans une échauffourée avec un loup et fut incapable de l'aider. Quant à Hunter, il rugit et s'avança, malheureusement ses deux adversaires lui barrèrent la route.

— Amène-la ici !

La voix de Tamara s'était élevée au-dessus de la mêlée pour appeler le pilote qui la maintenait si fort qu'elle ne pouvait pas riposter.

Dans le flou de l'action, Nina la vit vider son sac à dos. Son sac à dos, putain ! Elle jeta impitoyablement l'ours en peluche par terre.

— Où est-elle ?! cria Tamara. Où est la pierre ?!

Les doigts de Nina se replièrent autant qu'elle le pouvait, coincée comme elle l'était par le bras du pilote. Malheureusement, Tamara remarqua aussitôt son mouvement.

— Donne-la-moi !

Jusqu'alors, Nina avait surtout ressenti de la peur. Mais face à ces paroles, elle sentit une vague de fureur s'élever à côté de l'effroi. Lewis McGee avait offert cette gemme à sa défunte épouse, puis à elle pour qu'elle en prenne soin en mémoire de Mary. Comment Tamara osait-elle la convoiter ? Ce rubis n'était pas à elle, pas plus qu'à Boone d'ailleurs. La colère s'empara d'elle comme un tourbillon, se transformant en une véritable tempête. Retroussant les lèvres, elle mordit sauvagement la main du pilote, qui hurla. Son emprise se desserra juste assez pour lui permettre de libérer l'un de ses bras, celui qui tenait la poignée du cric, et elle lança un grand coup vers l'arrière. Le pilote grogna et tomba.

— Apporte-moi la pierre ! ordonna Tamara en claquant des doigts.

Nina avait toujours détesté quand les clients faisaient ça, et bien qu'elle ait toujours été trop polie pour leur opposer la moindre objection, elle n'était pas prête à se montrer gentille pour l'heure.

— Pas question ! cria-t-elle en brandissant sa barre d'acier.

Le visage de Tamara s'empourpra lorsqu'elle pointa l'index sur elle.

— Apporte-la-moi tout de suite ! ordonna-t-elle en baissant la voix.

Le bras de Nina se tendit contre sa propre volonté et ses doigts plongèrent spontanément dans sa poche.

— Apporte-la-moi ! hurla Tamara.

Attention. C'est une sorcière, se répéta-t-elle en se souvenant des paroles de Hunter.

Merde, fallait-il les comprendre au sens littéral ? Son corps fut soumis à une traction qui la fit trembler. Cette force invisible lui enfonça la main dans sa poche pour l'inciter à sortir le rubis. Mais, à la seconde où ses doigts se refermèrent autour de la pierre, cette force maléfique s'évanouit. Nina reprit pied et maintint fermement le rubis dans sa poche.

— Je t'ai dit de m'apporter la pierre, siffla Tamara.

— Tu n'as qu'à m'y obliger, sorcière, cracha Nina, soudain pleine d'assurance.

Le mot « salope » avait failli franchir ses lèvres à la place, cependant « sorcière » produisit son petit effet, lui aussi. Les yeux de Tamara s'écarquillèrent et ses doigts se mirent à griffer l'air. Mais peu importait la manière dont elle s'y prenait pour supplier, crier ou cajoler, ses mots n'avaient aucun effet sur elle.

— Soit, lança-t-elle en tapant du pied. Et ça, alors, qu'est-ce que tu en dis ?

Elle se déplaça vers la droite et Nina se tourna lentement, redoutant une ruse.

— Nina ! s'écria Mike.

Le pilote emprisonnait son ex-mari dans une clé de bras, une main sur son menton, prêt à lui tordre et lui briser le cou.

— Non ! hurla Nina sur fond de grognements d'animaux qu'elle n'osait pas regarder.

— Donne-moi la pierre ou il meurt.

Les yeux de Tamara lançaient un éclair de triomphe.

— À l'aide ! cria Mike. Nina...

Elle hésita. Mike l'avait trahie. Il avait essayé de la tuer. S'attendait-il vraiment à ce qu'elle abandonne le rubis de Lewis McGee, le joyau du cœur de cet homme bon, pour sauver sa misérable vie ?

— Nina..., supplia Mike.

Elle cria, car il ne la connaissait que trop bien. Tamara avait compris, elle aussi. Nina n'allait pas le laisser mourir pour un bijou. Aucune vie humaine ne méritait ça.

Elle sortit le rubis de sa poche et se tourna vers la sorcière, la maudissant dans son for intérieur. Embrassant la pierre, elle chuchota :

— Pardonne-moi, Lewis.

Elle enroula ensuite la chaîne en argent et la lança vers les mains tendues de Tamara.

— Tiens, attrape ! lâcha-t-elle. Laisse Mike partir.

Tamara approcha le rubis de son visage. Ses yeux étincelaient, reflétant la teinte sanguinolente de la pierre.

— Bien sûr, murmura-t-elle, sans détacher les yeux du bijou. Laisse-le partir, Roy.

Nina se retourna, mais pour voir le pilote tordre le cou de Mike. Son corps s'effondra.

— Non ! cria-t-elle en tombant à genoux.

— Quoi ? ironisa Tamara de sa voix cruelle et narquoise. Tu as dit de le laisser partir.

Incapable de faire face aux horreurs qui l'entouraient, Nina enfouit son visage dans ses mains. La bataille des loups faisait rage. Mike gisait, mort, à moins de deux mètres d'elle. Le pilote arrivait pour sceller son sort : elle sentait ses pas lourds qui approchaient. Et quand il la souleva du sol, elle ne trouva pas la force de résister. Même lorsqu'un rugissement canin retentit à ses oreilles.

Boone. Il fallait que ce soit Boone. Mais ce dernier ne pouvait pas l'aider, trop occupé avec Kramer qui se battait bec et ongles. Elle agita faiblement les mains, incapable de se défendre, vide de tout espoir.

Un hurlement glaçant immobilisa le pilote, à un pas de l'hélicoptère. Nina en profita pour échapper à son emprise. Levant les yeux, elle chercha à identifier la provenance du cri. Les bêtes qui se battaient entre elles s'arrêtèrent elles aussi et tous les yeux se tournèrent vers Tamara.

— Non ! brailla la femme en fixant le rubis.

L'une de ses mains était serrée sur la pierre, refusant de la lâcher, tandis que l'autre la griffait, essayant de la repousser.

— Stop ! Non !

Tamara, qui geignait de douleur, tomba à genoux.

Nina s'éloigna du pilote en rampant, incapable malgré tout de détacher les yeux de Tamara. Que se passait-il ? De la fumée et une lueur rouge s'échappaient de ses doigts crispés.

— Lâche ça ! s'égosilla le pilote.

— Je ne peux pas ! hurla Tamara en se tordant.

La pierre se mit à fumer dans sa main. Son corps trembla et ses yeux se révulsèrent tandis qu'elle s'effondrait au sol. Des flammes jaillirent d'entre ses doigts.

Le loup noir, Kramer, rugit et bondit vers Tamara. Boone, lui, se précipita vers Nina qui écarquilla les yeux à son approche.

Ce loup, c'est Boone. Il ne me fera pas de mal, se dit-elle. *N'est-ce pas ?*

Les yeux bleus, la fourrure fauve, la légère inclinaison de la tête... Oui, c'était Boone, mais il lui flanquait cependant une frousse de tous les diables.

Baisse-toi.

Sa voix avait retenti dans l'esprit de Nina.

Elle s'accroupit et il passa d'un bond au-dessus de sa tête, pour faucher le pilote. Il y eut un craquement écœurant, et quand Nina se retourna, Boone s'éloignait du pilote qui gisait en un tas amorphe.

Il fit volte-face et grogna en se tournant vers Kramer, qui hurla quand le rubis roula de la main sans vie de Tamara. Alors que la fumée se dissipait, que sa mystérieuse source s'éteignait, le soleil fit scintiller le bijou dont surgit une éclatante lumière rouge. Celle-ci se refléta dans les yeux de Kramer tandis que le loup sombre se tournait vers Nina en poussant un grognement furieux.

Aïe ! Elle se tenait entre deux loups en colère et Kramer était carrément terrifiant. Nina, qui se leva trop vite, glissa sur les genoux, pile sur la poignée du cric qui lui frappa si fort le tibia qu'elle hurla.

Alors que Kramer avançait, ses yeux, qu'il gardait fixés sur elle, se déplacèrent vers un point situé au-dessus de son épaule. Boone se tenait si près que son souffle ébouriffa les cheveux de Nina. Kramer et lui échangèrent un regard plein de cette même haine que la première fois, à l'hôtel, mais décuplée. Boone se passa la langue sur les babines, puis bondit pour ce que Nina savait être le combat final.

Les loups se sautèrent à la gorge, puis roulèrent, soulevant un nuage de poussière qui alla rapidement se déposer sur le corps de Tamara. Nina examina la scène attentivement. Tamara était-elle vraiment morte ?

Boone entraîna Kramer vers la gauche, et le rubis scintilla à droite. Nina le repéra alors qu'elle s'apprêtait à courir vers la Jeep.

Va le récupérer, lui souffla son instinct.

Elle s'arrêta net.

C'est important.

Elle revit Tamara, la main serrée dessus, qui hurlait. Pas question. Cette pierre était maléfique. Maudite.

Mais elle se rappela ensuite le message de Lewis.

Ce joyau de mon cœur...

Lewis avait parlé d'amour, de rire et de joie. Il n'avait pas mentionné le mal ou une quelconque malédiction.

Une ombre se déplaça de l'autre côté de la pelouse et Nina vit un loup gris se faufiler, les yeux fixés sur le joyau, pendant qu'il contournait le combat acharné entre Boone et Kramer.

Récupère-le avant que l'ennemi ne le fasse. Vite ! Toutes ses terminaisons nerveuses lui envoyaient le même signal.

Nina attrapa la poignée du cric et courut vers le rubis en même temps que le loup. D'accord, elle était folle. Mais il n'était pas question qu'elle se tapisse dans un coin pendant que Boone se battait pour elle.

Les mâchoires du loup gris se refermèrent sur la chaîne argentée au moment où elle attrapait le rubis. Pendant quelques minutes folles, Nina se retrouva à lutter avec acharnement contre une bête enragée de cent kilos. Soudain, quelque chose céda et elle tomba à la renverse. Elle referma instinctivement la main et y sentit l'arête dure d'une pierre. Oui ! Elle l'avait.

Ayant atterri sur le dos, elle leva les yeux juste à temps pour voir le loup recracher la chaîne et lui sauter dessus.

— Non ! cria-t-elle en projetant le manche du cric pour frapper la gueule du loup.

La bête glapit et roula sur le côté, puis revint à la charge, encore et encore, jusqu'à ce que la poignée du cric lui échappe des mains. Le loup était planté tout près, à trois pas d'elle, et Nina sentit son cœur cesser de battre. C'était la fin. Elle allait mourir.

Lorsque le loup gris grogna et s'élança sur elle, le temps s'étira et ralentit. La bête était là, volant vers elle, mâchoires grandes ouvertes. Le rubis lui mordait la main, la réchauffant une dernière fois. Le rugissement résonna dans ses oreilles jusqu'à ce qu'elles se mettent à siffler.

Un second rugissement se joignit au premier et Nina se demanda vaguement si un second fauve ne cherchait pas à l'achever. Soudain, une masse floue noire, blanche et orange entra dans son champ de vision, repoussant le loup.

Une longue queue en forme de fouet atteignit Nina à la joue et la renversa. Elle observa le tigre qui luttait contre le loup gris au sol. Cruz. C'était Cruz.

Elle ferma les yeux pendant que le tigre s'apprêtait à donner le coup de grâce à son adversaire. Quand elle les rouvrit, il s'écartait en titubant du corps du loup et s'approchait d'elle.

Nina sentit sa gorge se nouer lorsque le tigre se mit à décrire des cercles autour d'elle pour venir donner de petits coups de tête contre ses genoux. Ronronnant et grondant à la fois, il l'éloignait du combat de Boone.

— Tu dois aider Boone ! cria-t-elle en le repoussant.

Le tigre refusait d'obtempérer, l'éloignant encore. Une immense ombre brune se déplaça devant elle et elle leva les yeux pour découvrir un grizzly rejoignant le félin et formant un mur vivant devant elle.

Nina regarda autour d'elle. Des formes bosselées jonchaient la pelouse : les cadavres des loups mercenaires. Tamara était morte, tout comme Mike et le pilote. Seuls bougeaient encore les deux loups puissants qui luttaient pour leur vie.

— Aidez-le ! cria-t-elle en se jetant sur Cruz et Hunter.

Sa main gauche se posa sur la fourrure rêche et épaisse de Hunter, et sa droite sur l'étendue soyeuse du dos rayé de Cruz.

— Aidez-le ! répéta-t-elle.

Cruz grogna, mais ni l'un ni l'autre ne bougea.

Nina leur donna un nouveau coup de poing dans le dos. En vain. Apparemment, Boone et ses copains avaient une espèce de code d'honneur quand il s'agissait de se battre. Pourtant Kramer n'avait pas hésité à appeler des renforts. Pourquoi n'allaient-ils pas prêter main-forte à Boone ?

L'ours avait l'air satisfait, ce que Nina interpréta comme signifiant qu'il pouvait le faire.

Elle dévisagea Boone. En était-il capable ? Le ferait-il ?

Kramer se dressa sur ses pattes arrière pour une nouvelle attaque. Boone roula, se contorsionna et sauta à la gorge de son adversaire. Ils se télescopèrent puis s'écrasèrent au sol, sur fond de grognements assassins.

Elle grimaça, à deux doigts de se couvrir les oreilles, quand le grondement s'atténua doucement. Leurs roulades sauvages ralentirent également, bien qu'ils ne se soient toujours pas séparés. Ils allaient s'accrocher jusqu'au bout. Le sol avait pris une nuance cramoisie que la terre absorbait petit à petit. Nina se retrouva à se cramponner à l'épaisse fourrure de Hunter en retenant son souffle. L'un des loups fut secoué de frissons et ne bougea plus. L'autre tenait bon, les yeux étincelants de détermination.

Le cœur de Nina battait à tout rompre quand elle rencontra le bleu profond de ces yeux. Et son esprit submergé assimila lentement l'information.

Des yeux bleus. Boone. Boone était vivant !

Il relâcha le cadavre de son ennemi, se mit debout en tremblant et regarda Nina droit dans les yeux. Un instant plus tôt, les yeux de Boone étincelaient d'une fureur dévastatrice, mais en cet instant, ils étaient emplis de peur. Nina s'avança, et cette fois, Cruz et Hunter la laissèrent faire. Pourquoi Boone avait-il l'air si inquiet ? Il avait pourtant remporté la bataille.

Elle s'immobilisa lorsqu'elle comprit. Il s'inquiétait de sa réaction. Elle prit une profonde inspiration. D'accord, c'était un loup. Pourrait-elle s'en accommoder ?

Oui, comprit-elle.

Oui, elle le pouvait. Boone était Boone, après tout.

Il chancelait, épuisé, et quand il s'écroula au sol, Nina se précipita vers lui pour s'agenouiller au-dessus de lui en pleurant.

— Boone. S'il te plaît, Boone. Est-ce que ça va ?

Ses yeux bleus trouvèrent les siens et brillèrent comme pour dire oui et lui poser la même question.

Elle enfouit le visage dans sa fourrure, oui, sa fourrure, et lui caressa les flancs.

— Je vais bien. Un peu perdue, mais ça va.

Il laissa échapper une sorte de ricanement.

Oui, « perdue » était l'euphémisme de l'année, toutefois elle espérait qu'il lui expliquerait la situation plus tard. Elle se redressa soudain pour regarder les autres. Cruz léchait ses blessures avec une langue effroyablement longue, tandis que Hunter était assis sur ses pattes repliées, humant l'air.

— Vous pouvez vous retransformer, n'est-ce pas ? demanda-t-elle, soudain perplexe.

Hunter poussa un grondement grave qui ressemblait beaucoup à un gloussement et hocha la tête de haut en bas.

Nina revint à Boone et le tint de nouveau dans ses bras. Elle passa les doigts sur son museau et lui embrassa lentement l'oreille.

— Ne te méprends pas. J'aime bien les loups. En fait, j'aime les loups.

Elle jacassait à tort et à travers maintenant, mais qu'importe.

— En fait, je t'aime. Je t'aime, Boone. Homme ou loup. Mais honnêtement, j'aimerais récupérer l'homme, à un moment donné.

Le loup leva la tête du sol pour la regarder dans les yeux et elle sourit.

— Pour mieux t'embrasser. Te toucher. Te serrer dans mes bras. Tout ça.

Les lèvres de Boone dessinèrent un sourire lupin et elle colla son visage dans sa fourrure. Le soleil semblait plus brillant que jamais, le monde était paisible, ne serait-ce que pour ce moment fugace. Le rubis réchauffait sa poche, lui posant des questions qu'elle refusait d'affronter pour l'instant, car tout ce qui comptait, c'était Boone.

— Boone, murmurait-elle sans relâche, sans cesser de caresser doucement sa fourrure.

Chapitre 18

Boone poussa sa tête fatiguée contre la main de Nina. À part son crâne, il pouvait juste remuer la queue, et encore, faiblement.

Notre compagne, entonnait son loup, joyeux malgré la douleur lancinante. *Nina. Notre compagne.*

Ils avaient tous les deux survécu, et Hunter et Cruz allaient bien, eux aussi.

Un flot de bile lui remonta dans la gorge. Kramer était mort, et bon débarras, mais Tammy aussi. Boone prit une profonde inspiration : si seulement ces deux-là n'étaient jamais venus pour pousser les choses jusqu'à leur point de rupture. Il n'avait pas souhaité la mort de Tammy, juste l'effacer de son passé. Cela aurait suffi.

— Boone, murmura Nina, qui le caressait entre les omoplates.

L'endroit parfait pour le soulager de ses soucis... pour l'instant, du moins. Dieu savait qu'il passerait un sale quart d'heure quand Silas aurait regagné Hawaï et exigerait des explications. Néanmoins, tout s'était bien terminé, non ? Nina allait bien et l'ennemi n'avait pas volé la Pierre d'Esprit. Silas ne pourrait pas lui reprocher ça.

Boone reposa la tête au sol et ferma les yeux.

Tout va bien. Tout est...

La terre trembla et un moteur fit entendre son grondement sur une ornière de l'allée.

— Boone ? fit Nina d'une voix alarmée.

Il cligna des yeux, se demandant pourquoi des lumières rouge et bleu clignotaient devant ses yeux.

Le corps chaud de Nina abandonna son flanc quand elle se leva. Que se passait-il ?

Il aperçut une voiture de police qui descendait l'allée, à moitié cachée par les arbres. Apparemment, quelqu'un avait entendu la bagarre et l'avait signalée. L'esprit groggy, il eut d'abord pitié du policier qui devrait rédiger le rapport sur cette scène de crime, toutefois quand il prit la mesure de la situation, il s'empressa de se redresser. Les métamorphes devaient à tout prix veiller à ce que les humains ignorent leur existence. Sinon, ils risquaient un désastre. Les deux fois dans l'histoire où des humains les avaient découverts, des traques effrénées s'étaient ensuivies, et elles avaient failli faire disparaître leur espèce. La population des dragons avait été réduite comme peau de chagrin. Des meutes entières de loups avaient été exterminées par des foules en colère. Tous les métamorphes ours survivants s'étaient réfugiés dans les montagnes, et les métamorphes tigres... Eh bien, la famille de Cruz était l'exemple le plus récent des ravages que les humains pouvaient infliger.

Merde. Il avait formé le vague plan d'appeler deux amis métas pour l'aider à effacer les traces de leur combat, mais il n'en avait plus le temps maintenant.

Bien que la transformation lui fasse un mal de chien, il réussit à reprendre rapidement sa forme humaine. Il était nu, mais il serait plus facile de concocter une histoire pour expliquer cette tenue qu'une forme de loup. Comme tous les métamorphes, Kramer et ses mercenaires avaient repris une apparence humaine peu après avoir rendu leur dernier souffle ; c'était leur forme dominante. Cruz avait également effectué une transformation rapide comme l'éclair, tandis que Hunter s'en était allé d'un pas pesant, hors de vue.

Boone s'approcha de la Jeep en boitant et sortit un pantalon de treillis du coffre.

— Ce bon vieux Hunter, toujours paré, marmonna Cruz en s'emparant d'une tenue pour lui.

Boone regarda autour de lui. Où était passé Hunter ? Et comment allait-il expliquer tous ces cadavres à la police ?

— Et maintenant ? murmura Nina quand il vint se planter à ses côtés.

Son esprit tournait à toute allure, essayant de concocter une explication plausible. La portière du véhicule de police s'ouvrit en grinçant et une policière en sortit, pistolet à la main.

— Ne bougez plus !

Boone leva les mains en l'air et Nina cria :

— À l'aide !

À l'aide, pensa-t-il. *C'est un bon point de départ.*

— Ces hommes ont essayé de me kidnapper et... et..., tenta-t-elle d'expliquer.

Boone fixa la femme flic. Le soleil brillait derrière la voiture de patrouille, cependant quand il plissait les yeux, il distinguait des cheveux noirs brillants, des traits doux et une silhouette féminine. Merde. Parmi tous les flics de la terre, il fallait que ce soit elle ?

— Agent Meli, gémit-il.

Du coin de l'œil, il perçut un mouvement. Pourvu que Hunter reste hors de vue. La moitié « ours » de son ami n'aimait pas renoncer à son contrôle. Une fois que ça arrivait, elle commandait le corps de Hunter. En tant qu'humain, il était doux comme un agneau. En tant que grizzly... Boone préférait l'avoir dans son camp.

— Non ! s'écria Nina en pivotant quand elle perçut le mouvement, elle aussi.

— On ne bouge plus ! aboya l'agent Meli, qui pointa son arme vers la droite.

L'esprit fatigué de Boone avait un demi-temps de retard. Il vit avec horreur un loup bondir sur la policière, un dernier, qu'ils avaient supposé mort.

— Stop ! hurla Boone, bien que ses jambes se soient dérobées sous lui au lieu de courir pour intercepter l'ennemi.

Le temps de réaction de Cruz fut également si lent que Boone en vint à envisager le pire. L'agent Meli allait tirer sur le loup, cependant une balle ordinaire n'arrêterait pas un métamorphe. La bête lui arracherait la gorge avant qu'il puisse intervenir.

La policière fit feu et recula d'un pas, choquée, car l'animal continuait sa course, Cruz et Boone à deux pas derrière lui.

Non ! voulut crier Boone. *Non, non, non !*

Un oiseau surgit de nulle part, peut-être une chouette, et ralentit brièvement le loup, mais pas assez pour que Boone puisse attraper cet enfoiré. Un rugissement se fit alors entendre et une énorme masse brune jaillit sur la droite : un grizzly, terrifiant à voir même pour Boone. Il reconnut Hunter, bien qu'il n'ait jamais vu son ami se déplacer aussi vite. Ce dernier dégaina ses griffes mortelles et frappa, déchirant les jarrets du loup. La bête hurla de douleur lorsque le grizzly lui tomba dessus.

L'agent Meli recula en titubant, les yeux écarquillés et incrédules. Cruz lui attrapa la main au moment où elle armait le pistolet pour un second tir. Boone, qui s'était précipité lui aussi, s'arrangea pour lui bloquer la vue pendant que Hunter achevait le loup. L'agent Meli n'avait pas besoin d'assister à ce spectacle. Lui-même ne tenait pas particulièrement à regarder non plus. Ses yeux étaient fixés sur la chouette qui effectua une rotation, puis s'envola. Boone demeura perplexe : que venait-il de se passer ? Mais il n'eut pas le temps d'approfondir ses questions, car un silence de mort s'abattit soudain sur la zone.

Boone se retourna lentement. Hunter, toujours sous sa forme d'ours, s'éloigna du loup mort. Ses yeux tristes se fixèrent sur la policière. Il secoua sa fourrure, s'assit sur ses pattes arrière et...

— Oh, merde, murmura Boone.

La moitié « ours » de Hunter avait pris le dessus pendant le combat, mais son côté humain remontait à la surface face à la femme qu'il aimait. Il se métamorphosa sous les yeux de l'agent Meli, puis se tint sans rien dire, à remuer la mâchoire.

La policière poussa un cri en abaissant son arme.

— Hunter ?!

Boone se mordit la lèvre. Depuis que Boone les connaissait, l'agent Meli et Hunter avaient toujours fait preuve d'un formalisme douloureux l'un envers l'autre : ils avaient gardé leurs distances, malgré une attirance mutuelle évidente et jamais démentie. Boone n'avait jamais entendu la policière utiliser son prénom. Non pas qu'elle en ait eu souvent l'occasion, vu que l'ours ne dépassait que rarement la vitesse autorisée, pourtant elle avait trouvé quelques excuses astucieuses pour l'arrêter de temps en temps. Un feu arrière cassé par-ci, une rapide vérification des dates de contrôle technique par-là... et Hunter était toujours rayonnant pendant les jours qui suivaient.

Eh bien, il ne rayonnait plus, désormais. Il déglutit en la dévisageant.

— Dawn...

Hunter avança d'un pas, mais la policière recula et le visage de son ami devint livide.

— Laissez-moi vous expliquer, intervint Nina, qui leva les mains bien en vue.

Boone tourna vivement la tête. Nina elle-même venait de découvrir l'existence des métamorphes. Comment pourrait-elle expliquer quoi que ce soit ? Mais comme seule sa douce voix féminine semblait parvenir à l'agent Meli, il tint sa langue.

— Ils m'ont sauvée, déclara Nina. On m'a kidnappée, mais Hunter, Boone et Cruz les ont arrêtés...

Les mots s'écoulaient de sa bouche en un flot rapide.

— Mais il... il..., bégaya l'officier Meli.

— C'est Hunter, affirma Nina. Tout comme Boone est Boone, et Cruz est Cruz.

Le cœur de Boone enfla. Bon Dieu, comme il aimait sa compagne !

La radio de la voiture de patrouille se mit à grésiller, ce qui fit sursauter la policière.

— Je dois faire un rapport...

Au lieu de lui couper la parole comme il en avait eu l'intention, Boone leva les mains.

— S'il vous plaît, ne signalez pas tout ça. Laissez-nous vous expliquer.

Elle regarda Hunter, qui murmura :

— Ce loup allait vous tuer. Je devais l'arrêter...

Boone était presque sûr que ce n'était pas ce qui inquiétait la policière. C'était la partie métamorphe qui l'avait fait blêmir. Elle le dévisagea sans bouger jusqu'à ce que la radio reprenne vie.

— Je ne comprends pas tout non plus, reprit Nina lorsque la policière se tourna vers son véhicule. Mais une chose est claire pour moi, et je sais qu'elle doit l'être aussi pour vous.

Ce ne sont pas les méchants de cette histoire. Je leur dois une chance de s'expliquer. Et vous la leur devez aussi. S'il vous plaît, écoutez-les.

La policière ralentit sans pour autant s'arrêter, et Cruz jeta un regard vers Boone.

On doit l'arrêter. Elle ne peut pas faire un rapport là-dessus.

Boone secoua rapidement la tête. La situation était déjà assez chaotique comme ça. Et de toute façon, Hunter ne les laisserait pas toucher la femme qu'il aimait, même si cela entraînait un désastre pour eux tous.

Tout le monde observa en silence l'agent Meli qui se penchait par la vitre ouverte de sa voiture de patrouille et en sortait la radio.

— *Unité 239, au rapport.*

Boone se raidit alors que la voix du répartiteur se faisait entendre dans un crépitement.

— S'il vous plaît, chuchota Hunter en tendant la main vers elle.

Boone attira Nina contre lui, se demandant s'il n'avait sauvé sa compagne juste pour la perdre aussitôt. Si l'agent Meli rapportait ce qu'elle avait vu, la moitié des forces de police de Maui n'allait pas tarder à grouiller dans les parages, et ses frères métamorphes et lui seraient... Eh bien, ils seraient foutus.

L'officier Meli se pinça les lèvres en fixant Boone. Quand elle ouvrit la bouche pour répondre à l'appel, il baissa la tête, découragé.

— Négatif, murmura la policière. Négatif.

Hunter pivota la tête à ces mots.

— Signalement erroné. Que toutes les unités se retirent.

Si Nina ne lui avait pas tenu la main aussi fort, Boone en serait tombé à la renverse.

— Merci mon Dieu, murmura-t-elle. Merci.

Épilogue

Trois jours plus tard...

L'eau fraîche de la douche ruisselait sur la peau de Nina, qui ferma les yeux sous la caresse légère de Boone. Il fit glisser le savon dans son dos, sur chaque centimètre carré de sa peau. Peu à peu, il descendit plus bas... plus bas...

Nina soupira et lui prit la main.

— On est censés se préparer, Boone.

— Je me prépare, lui gronda-t-il à l'oreille. À aimer ma compagne une fois de plus.

Son sang s'échauffa à la suggestion d'un plaisir encore plus grand entre les mains de son amant. Toutefois ils avaient déjà passé la majeure partie de la matinée à faire l'amour, plus la moitié de la nuit.

C'est parfaitement normal pour deux loups fraîchement unis, avait souligné Boone avec un sourire coquin. *Les autres comprendront.*

La marque de morsure dans le cou de Nina la picota. La morsure d'union. Boone et elle étaient liés pour toujours et son âme s'en réjouissait.

— Plus tard, mon amour, dit-elle en essayant de le ralentir avec un baiser.

Mais ce geste faillit se retourner contre elle, parce que la chaleur de Boone l'attirait. Elle recommença à faire courir ses mains sur le corps ferme de son compagnon. Elle se reprit alors qu'elle n'était plus qu'à quelques centimètres de son sexe.

— Méchant loup.

Elle s'esclaffa devant l'air de chien battu qu'il afficha.

— Tu es un très méchant loup et je t'aime pour cela. Mais il faut vraiment qu'on bouge. On pourra reprendre plus tard là où on s'est arrêtés.

Il lui prit la main pour la porter jusqu'à ses hanches.

— Promets-le-moi, ma compagne.

— Je le promets, à condition que tu le promettes aussi.

— Je te le promets, déclara-t-il, redevenant sérieux.

Nous promettons de t'aimer et de te protéger pour toujours, compagne, gronda son loup dans son esprit.

Depuis la morsure d'accouplement, elle entendait toutes les pensées que Boone lui envoyait. C'était une chose supplémentaire à laquelle elle devait s'habituer dans sa nouvelle vie, une vie qu'elle aimait déjà. Elle avait le meilleur compagnon du monde et vivait dans un magnifique cottage en bord de mer. Un petit coin de paradis qu'elle n'avait jamais eu à quitter.

Tout en s'habillant, elle regarda autour d'elle, savourant une fois de plus sa chance. Tellement de choses lui étaient arrivées que c'était encore difficile à croire.

— N'oublie pas cela, lui rappela Boone en penchant la tête vers le rubis.

Elle l'avait sorti une heure plus tôt, avant qu'il ne l'entraîne dans une autre partie de jambes en l'air époustouflante, et l'avait laissé sur la table de chevet, brillant au soleil, à côté de l'ours en peluche de sa mère. Lorsqu'elle s'empara de la pierre et la tint en l'air, celle-ci lui réchauffa la main de manière rassurante. Un léger murmure parvint à ses oreilles.

Tu n'as rien à craindre de moi, toi, la nouvelle gardienne de la Pierre de Feu. Mon dernier gardien a bien choisi.

Nina sourit au souvenir de l'adorable vieux Lewis McGee et de son message.

« Je vous souhaite tout l'amour, la joie et le rire qui habitaient le cœur de ma chère épouse. »

Elle soupira. Le véritable amour. Lewis McGee avait été béni par le rubis, même si elle doutait qu'il ait eu conscience de ses pouvoirs spéciaux. C'était elle qui en était la bénéficiaire, maintenant.

La gemme dans une main et la paume chaude de Boone dans l'autre, elle s'engagea sur le chemin, reconnaissante de la force que l'un et l'autre lui communiquaient. Elle avait su qu'elle devrait affronter Silas à un moment donné, et le moment était venu. Selon Boone, il était rentré tard la nuit précédente, et il leur avait immédiatement fixé une heure de rendez-vous.

En l'occurrence, maintenant.

Silas, le dragon. Elle prit une profonde inspiration. Tout le monde se rassemblait et ça l'effrayait un peu. La bonne nouvelle, c'était qu'un nouveau scandale avait éclaté à Hollywood et que la presse s'était désintéressée de son histoire. Silas n'avait donc pas trouvé une horde de journalistes devant le portail à son retour. C'était déjà ça.

L'autre bonne nouvelle, c'était que Kai, le cousin de Silas, et sa compagne Tessa étaient rentrés à Hawaï deux jours avant lui. En la rencontrant, Nina avait eu l'impression de retrouver une amie perdue de vue depuis longtemps. Le peu de temps qu'elle avait passé loin de Boone, elle l'avait passé avec elle pour de longues discussions entre filles. Elles avaient ri de toutes les bizarreries de ces hommes, parlé des étreintes stupéfiantes qu'elles avaient avec leur métamorphe, et pleuré aussi en partageant ce qu'elles avaient vécu. Elles avaient également découvert qu'avec un peu d'effort, elles pouvaient lire dans les pensées l'une de l'autre, comme elles le faisaient avec leur compagnon. La découverte leur avait paru incroyable, mais Boone s'était contenté de hausser les épaules.

— Bien sûr. Vous faites partie de la même meute.

Il lui avait aussi expliqué cela. Les métamorphes loups vivaient généralement en meutes. Les ours vivaient en clans, les dragons en weyrs et les tigres...

— Les tigres restent seuls, avait dit Boone en soupirant et en désignant la maison de Cruz, à une des extrémités du domaine.

Il avait ensuite souri et murmuré :

— Si tu veux rire, dis aux autres que j'ai parlé de « meute ». On se dispute sans cesse sur le nom à donner à notre groupe.

Nina avait décidé de s'en abstenir pour l'instant. Elle était juste heureuse de considérer cet endroit comme sa maison.

Tessa, une rousse sublime au sourire chaleureux, la salua alors qu'elle s'approchait de l'*akule hale.*

Souviens-toi que ce ne sont que de gros chiots, chuchota-t-elle dans l'esprit de Nina.

Nina pinça les lèvres en regardant les hommes rassemblés là. Tessa lui avait aussi expliqué que « Koa » était un terme hawaïen qui désignait une classe de guerriers d'élite, et c'étaient des Koa qu'elle voyait en ces hommes. Pas le moindre chiot parmi eux. Ils étaient tous grands et aguerris au combat, férocement loyaux et terriblement puissants. Kai était le grand aux cheveux noirs, collé contre Tessa. Cruz faisait les cent pas autour de la bâtisse, toujours aussi agité. Hunter se tenait dans l'ombre, l'air si peiné que Nina avait envie de le serrer dans ses bras. Sauf qu'il n'avait pas besoin de son contact. L'agent Meli avait accepté de garder le secret sur le combat des métamorphes, mais elle avait quitté les lieux avec un air méfiant et perturbé. Quand il avait essayé de l'arrêter pour lui glisser un dernier mot, elle s'était dépêchée de partir et le grizzly ne s'était plus déridé depuis.

Nina exerça une pression sur la main de Boone. Hunter avait aidé à la réunir avec son compagnon prédestiné. Un jour, d'une manière ou d'une autre, elle trouverait un moyen de faire la même chose pour lui.

— Commençons, déclara Silas, ramenant Nina au moment présent.

Silas était terrifiant : grand, sombre et puissant. Mais lorsqu'il se déplaça dans un rayon de soleil, Nina vit ce qu'elle n'avait pas remarqué au début : les profondes lignes creusées par l'inquiétude qui lui plissaient le front, et ses doigts qui ne cessaient de s'agiter. Selon Boone, il était responsable du domaine et du groupe de métamorphes qui y vivaient. La responsabilité devait être écrasante.

Peut-être qu'il a besoin d'un câlin, comme Hunter, plaisanta-t-elle à moitié avec Tessa.

Houla ! Je ne te recommande pas d'essayer. Mais un jour, toi et moi, on lui trouvera aussi une compagne.

Nina sourit et leva discrètement son pouce à son amie.

— Je ne sais pas si je dois être soulagé ou furieux, commença Silas en faisant signe à tout le monde de s'installer sur les canapés qui se trouvaient dans un coin de l'*akule hale.*

Soulagé, murmura Boone dans l'esprit de Nina.

— Je suis désolée, répliqua-t-elle immédiatement. Je n'ai jamais voulu vous causer des ennuis...

Silas secoua la tête, et à sa grande surprise, son geste fut doux, sans brusquerie.

— Les ennuis savent comment nous trouver tous seuls, semble-t-il.

Tout le monde se tut et elle vit Hunter fermer les yeux.

— Vous avez dit que les Pierres d'Esprit s'appelleraient les unes les autres, intervint Tessa. C'est elle qui a provoqué tout ça ?

La belle rousse tendit le bras et ouvrit la main pour poser une énorme émeraude sur la table. Nina la fixa du regard et leva lentement son rubis, laissant chaque facettes attrape et amplifier la lumière l'une après l'autre. Lorsqu'elle le posa à côté de l'émeraude, les deux pierres brillèrent plus fort, jetant des ombres rouges et vertes sur la nappe blanche.

— Les Pierres d'Esprit, chuchota Nina en regardant Silas.

Boone lui avait expliqué les bases, mais même lui séchait à propos du rubis.

— C'est la Pierre de Vie, déclara Silas d'une voix pleine de respect en désignant l'émeraude de Tessa. Elle magnifie les pouvoirs innés du porteur.

Il montra ensuite le rubis.

— La tienne est la Pierre de Feu.

— Quel est son pouvoir ? demanda Boone. Je n'ai pas été capable de comprendre.

Toutes les têtes se tournèrent vers Silas, qui hocha gravement la sienne.

— Le feu est un pouvoir. Il peut être une bénédiction, mais tout aussi destructeur.

Nina frissonna, se rappelant les cris et les contorsions de Tamara.

— La Pierre de Feu renvoie les qualités du porteur sur lui. Elle recherche et récompense la pureté.

Il s'arrêta, regardant Nina qui baissa les yeux, terriblement gênée.

— Et punit le mal, acheva-t-il.

Elle ferma les yeux sur l'image d'une Tamara mourante.

— Mais un métamorphe vraiment puissant..., murmura Kai.

Silas acquiesça.

— Un métamorphe vraiment fort pourrait être capable de canaliser la puissance de la Pierre de Feu et l'utiliser pour son propre bénéfice. Afin de corrompre le bien et de s'allier aux puissances obscures.

— Quelqu'un comme Drax, chuchota Kai.

Nina vit les yeux de Tessa scintiller de peur. Elle avait entendu parler de Drax, le dragon le plus puissant de tous. Un dragon maléfique avec lequel Silas s'était brouillé longtemps auparavant.

— Drax est-il au courant pour la Pierre de Feu ? demanda-t-elle en regardant Boone.

Je te protégerai toujours, promirent les yeux de son amant.

Elle s'obligea à sourire. Boone avait certainement fait ses preuves avec les métamorphes terrestres. Mais un dragon ?

Tessa poussa son pied sous la table.

Ensemble, nous sommes forts. Plus forts qu'aucun d'entre nous ne pourra jamais l'être seul. On forme un weyr, maintenant.

Nina ne put retenir un faible sourire au souvenir du commentaire de Boone sur les meutes. Elle examina ces visages l'un après l'autre, ils avaient tous la même expression déterminée.

Ensemble, nous sommes forts.

Pauvre Boone ! Elle lui serrait probablement trop fort la main, néanmoins elle ne pouvait s'en empêcher. Pendant la plus grande partie de sa vie, il n'y avait eu qu'elle et sa mère. Elle n'avait jamais eu de famille élargie non plus. Et maintenant, elle en avait une. Elle faisait partie de cette famille. Petit à petit, la morsure finirait par agir sur elle et lui permettrait de se métamorphoser. Elle fit le vœu silencieux d'apprendre tout ce dont elle avait besoin pour protéger sa meute. Tessa apprenait à combattre comme les dragons ; Nina ferait de même en tant que loup. Elle n'avait guère envie d'avoir à utiliser ce genre de compétences, mais si cela signifiait protéger son compagnon, sa meute, ses futurs enfants...

Elle eut le souffle coupé en visualisant Boone roucoulant devant un minuscule être enveloppé de rose. Non, une minute. Un petit être enveloppé de bleu, aussi. Bon Dieu ! Il en tenait un dans chaque bras.

Elle s'agrippa à la table. Le destin lui réservait-il des jumeaux quelque part dans le futur ?

Un rayon de lumière tomba sur le rubis, qui le fit clignoter.

Elle prit une profonde inspiration. Pas besoin de penser trop loin. Ce qu'elle avait pour l'instant était suffisant. Et si jamais le mal revenait leur rendre visite, elle ferait sa part pour le repousser.

Boone lui embrassa les doigts.

Toi et moi. Côte à côte.

Elle écouta les autres murmurer au sujet des Pierres d'Esprit restantes. Mais c'était trop pour son cerveau surmené et elle se leva rapidement. Une tasse de thé pourrait l'aider à se calmer pendant que les autres discutaient de ce trésor perdu depuis longtemps.

— La Pierre d'Eau...

— La Pierre de Vent...

— La Pierre de Terre...

Le silence s'abattit sur la pièce alors que tout le monde ruminait ses pensées.

— Quelqu'un veut du café ? demanda-t-elle en s'approchant avec une cafetière. Du thé ?

Ça pourrait les aider à se calmer, eux aussi. Boone éclata de rire et l'attira sur ses genoux.

— Tu sais que tu n'as plus besoin d'être notre serveuse, n'est-ce pas ?

Elle se libéra doucement et versa du thé dans la tasse que Tessa poussait vers elle.

— Je suppose que les vieilles habitudes ont la vie dure. Dans quarante ans, je servirai encore du café.

— Ça me va, gloussa Boone, les yeux brillants à l'idée de partager tant d'années avec elle.

Nina sourit. En vérité, elle n'avait jamais voulu abandonner cette habitude. Grâce à l'incroyable don de Lewis McGee, elle n'aurait peut-être plus besoin d'être serveuse pour vivre, cependant elle apprécierait toujours la façon dont les gens souriaient quand elle remplissait leur tasse. Du soleil liquide, comme disait son patron.

Apporter de la joie au monde, une tasse à la fois.

C'était ainsi que Lewis l'avait formulé.

Elle s'approcha de Silas et lui servit un café noir. Regagnant la cuisine, elle prit une théière pour se diriger vers Hunter.

— Thé à la camomille. Parfait avec un peu de miel, murmura-t-elle.

Il la regarda et réussit à ébaucher un faible sourire.

Nina soupira. Certaines personnes avaient un don pour la musique. D'autres, pour les langues. Le sien était simple, mais suffisant. Même Cruz lui adressa un signe de tête encourageant.

Silas remua son café pendant un long moment, puis soupira :

— Retour aux affaires.

Il regarda autour de lui ; Nina aurait juré qu'il essayait d'avoir l'air sévère, pourtant sa voix était beaucoup moins tendue et ses yeux n'étaient plus aussi durs qu'avant.

Continue à leur servir du café, plaisanta Tessa à son unique attention. *Je vais faire cuire quelques steaks et on aura apprivoisé cette bête en un rien de temps.*

Nina ignorait si « en un rien de temps » était approprié, toutefois, peut-être y avait-il de l'espoir du côté de Silas. En ce qui concernait Hunter, en revanche...

— Quand on s'est installés ici, à Koa Point, lança Silas aux autres hommes, on a convenu de certaines règles de base. Numéro un : pas d'humains.

Nina grimaça et retourna à la cuisine.

— Des humains ? Je ne vois aucun humain, ici, grogna Boone.

Elle dissimula un sourire. Techniquement, elle était elle aussi une métamorphe maintenant. Et aussi étrange que soit la perspective de se transformer en loup, elle avait hâte d'essayer.

Courir à quatre pattes aux côtés de Boone, hurler avec lui à la pleine lune... Quelque chose au fond de son âme y aspirait.

— Je ne vois pas non plus d'humains ici, grogna Kai en attirant Tessa près de lui.

Silas soupira. Au début, Nina avait supposé qu'il serait du genre autoritaire qui aboyait des ordres, néanmoins il ne parvenait pas à cacher le respect qu'il avait pour ses hommes.

— Sérieusement, je pense qu'on pourrait revoir la politique anti-humains, déclara Boone en regardant Hunter.

L'air plus triste que jamais, l'ours but son thé d'un trait.

— Pas d'humains, grogna Cruz. Comprenez-moi bien. Tessa est super. Nina aussi.

Merci, soupira Tessa.

— Mais sinon, pas d'humains. Ils sont imprévisibles. Irrationnels. Dangereux.

— Ça ne vaut pas pour tous les humains, répliqua Boone. Certains sont intelligents. Incroyables. Merveilleux.

Nina souriait jusqu'aux oreilles quand son compagnon planta ses yeux dans les siens.

— Hunter ? Qu'est-ce que tu en penses ? demanda Silas.

Hunter étudia le fond de sa tasse de thé, puis il recula sa chaise et s'éloigna en marmonnant quelque chose à propos de travail en retard à rattraper.

— Puis-je faire une suggestion ? hasarda Nina dans le silence gênant qui s'ensuivit.

Silas lui adressa un petit signe de la main, pour l'inviter à continuer.

— Tu pourrais juger les choses au cas par cas, suggéra-t-elle, prenant soin d'utiliser le pronom « tu », histoire de mettre la balle dans son camp.

À l'intérieur, ses cordes sensibles vibrèrent un peu. Elle avait entendu Lewis le dire un jour à l'un des rares amis qu'il avait amenés au restaurant.

Juge ça au cas par cas.

— Ça me paraît logique, déclara Kai avec un signe de tête à Silas.

— À moi aussi, renchérit Boone.

Cruz ronchonna, mais ne protesta pas.

— Hmm, marmonna Silas sans s'engager ni dans un sens ni dans l'autre.

Une autre lourde minute s'écoula.

— Alors, Nina, lança Tessa en rompant le silence afin de manifestement alléger l'atmosphère. Tu as déjà parlé au notaire de ta donation ?

— J'attends de connaître les détails, répondit-elle.

— Ah, les notaires ! grogna Boone. Il fait probablement traîner les choses pour pouvoir facturer plus.

Nina lui donna une petite tape dans le dos.

— Il a dit qu'il le ferait bénévolement.

— Vingt-cinq millions, fit Boone en secouant la tête.

Elle saisit néanmoins la fierté dissimulée dans sa voix.

— Donner la moitié de ton argent.

— La moitié de l'argent de Lewis, rectifia-t-elle.

— C'est ton argent, insista-t-il avant de désigner le rubis du doigt et de soupirer. Ah, ça, pour une compagne au cœur pur, je me suis trouvé une compagne au cœur pur.

— Ouais, va comprendre, plaisanta Kai.

Nina éclata de rire. En vérité, Boone avait adoré l'idée à la seconde où elle l'avait évoquée : faire don de la moitié de l'argent à un programme de prévention du cancer chez les femmes. Nina était sûre que Lewis aurait approuvé, et les vingt-cinq millions qui lui restaient semblaient encore amplement suffisants. La seule dépense sur laquelle elle se soit décidée, c'étaient ses frais de scolarité à l'université d'État, pour y décrocher son diplôme en psychologie. Les cours ne commençaient pas avant six semaines, ce qui lui laissait le temps de s'installer dans sa nouvelle vie.

— On a terminé ? demanda Boone à Silas avec beaucoup trop de douceur.

— Pour l'instant, grogna ce dernier en lui décochant un regard d'avertissement.

— Bien. Parce que ma compagne et moi, on a des affaires urgentes à régler sur la plage.

Nina rougit. La façon dont il lui caressait le dos montrait clairement de quel genre d'affaires il s'agissait. Mais elle aussi subissait cette attraction, ce besoin insistant.

C'est parfaitement normal pour deux loups fraîchement unis, lui souffla-t-il avec un sourire sournois lorsqu'il l'invita à se lever de table.

— N'oublie pas le rubis, lui rappela Tessa en jetant à son propre compagnon un regard brûlant qui signifiait qu'ils avaient peut-être leurs propres affaires à régler.

Nina récupéra la pierre et s'empressa de partir avec Boone. À la seconde où ils eurent pris le premier virage du chemin, il la fit tomber dans ses bras pour lui donner un baiser hollywoodien aussi grandiose qu'étourdissant.

— J'ai toujours voulu faire ça, murmura-t-il en la remettant sur pied, un grand sourire aux lèvres.

— Moi aussi, plaisanta-t-elle en faisant semblant de vouloir le faire basculer à son tour. Si tu tiens le rubis pour moi, je crois que je pourrais même y arriver.

Il leva les mains.

— Impossible. J'ai beaucoup trop de pensées impures en tête en ce moment pour risquer de le toucher.

Elle rempocha le joyau et s'approcha de lui en gloussant.

— Oh oui ? Quel genre de pensées ?

— De toi nue dans notre lit.

Notre lit. Elle aimait la rapidité avec laquelle la maison de Boone était devenue la leur, la facilité avec laquelle elle s'était glissée dans sa vie.

— Et tu te trouves où, pendant que je suis nue dans notre lit ? demanda-t-elle en l'embrassant dans le cou.

— À l'intérieur de toi, répondit-il, la voix rendue rauque par le désir. Ma compagne.

Le thermostat interne de Nina explosa et elle enroula une jambe autour de la hanche de Boone, avide de son contact. Mais celui-ci, redevenu sérieux, planta ses yeux dans les siens.

— Merci, chuchota-t-il.

— De quoi ? s'esclaffa-t-elle.

Il agita la main, indiquant qu'il ne savait pas par où commencer.

— Pour tout. Je t'aime, Nina.

Il lui passa les doigts dans les cheveux et déposa un petit baiser sur ses lèvres. Un baiser qu'elle détourna quelques secondes plus tard lorsque le besoin charnel devint trop lourd à porter. Sa langue caressa celle de Boone et ses tétons dressés se pressèrent contre son torse.

Elle recula vivement, haletante.

— Alors, maintenant, ramène-moi à la maison et montre-moi que tu ne fais pas qu'aboyer et mordre, loup.

Boone éclata de rire et lui caressa le dos.

— Fais attention à ce que tu souhaites, compagne.

Aperçu: L'appel de l'ours

Secrets. Craintes. Désirs ardents. Un métamorphe ours prêt à tout par amour.

Hunter Bjornvald, métamorphe grizzly, n'a peur de pas grand-chose – sauf lorsque cela touche à la femme qu'il aime en secret depuis toujours. Dès lors, plus rien n'a d'importance : il est prêt à tout risquer, y compris à révéler le plus intime secret de son âme de métamorphe solitaire.

Des problèmes de confiance ? L'officier Dawn Meli connaît ça par cœur. Se fier à un homme est déjà difficile, alors l'idée qu'il puisse se métamorphoser en ours sauvage n'arrange rien. Mais Hunter, fort et silencieux, avec sa voix apaisante et son regard doux, fait naître quelque chose au fond de son âme effrayée qui éveille son propre côté sauvage.

Mais elle a d'autres problèmes à gérer : une pierre extrêmement précieuse, un mariage de célébrités et une tempête tropicale, qui convergent simultanément vers Maui. Ce n'est pas vraiment le moment de céder à son désir croissant.

Mais quand le destin s'en mêle, peut-on vraiment y échapper ?

Par Anna Lowe

Aloha Shifters : Les Joyaux du cœur

L'appel du dragon (Tome 1)

L'appel du loup (Tome 2)

L'appel de l'ours (Tome 3)

L'appel du tigre (Tome 4)

L'amour du dragon (Tome 5)

L'appel du renard (Tome 6)

Aloha Shifters : Les Perles du désir

Dragon rebelle (Tome 1)

Ours rebelle (Tome 2)

Lion rebelle (Tome 3)

Loup rebelle (Tome 4)

Cœur rebelle (Tome 5)

Alpha rebelle (Tome 6)

Les Veilleuses du feu : Milliardaires et Gardiens

Les Veilleuses du feu : Paris (Tome 1)

Les Veilleuses du feu : Londres (Tome 2)

Les Veilleuses du feu : Rome (Tome 3)

Les Veilleuses du feu : Portugal (Tome 4)

Les Veilleuses du feu : Irlande (Tome 5)

Les Veilleuses du feu : Écosse (Tome 6)

Les Veilleuses du feu : Venise (Tome 7)

Les Veilleuses du feu : Grèce (Tome 8)

Les Veilleuses du feu : Suisse (Tome 9)

The Wolves of Twin Moon Ranch

Desert Hunt (Tome 1)

Desert Moon (Tome 2)

Desert Blood (Tome 3)

Desert Fate (Tome 4)

Desert Yule (Tome 5)

Desert Heart (Tome 6)

Desert Rose (Tome 7)

Desert Roots (Tome 8)

Sasquatch Surprise (Tome 9)

Blue Moon Saloon

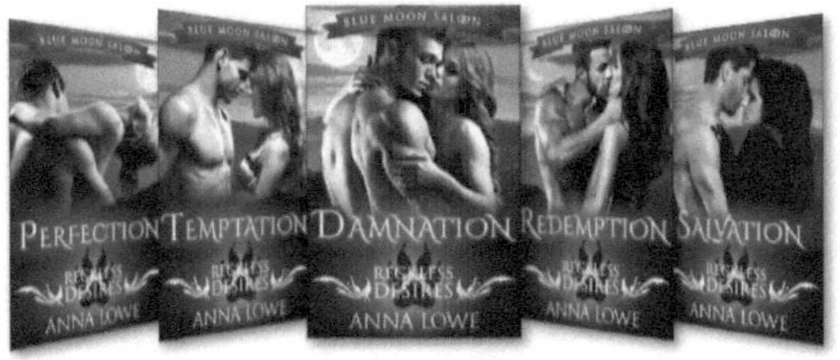

Perfection (Tome 0)

Damnation (Tome 1)

Temptation (Tome 2)

Redemption (Tome 3)

Salvation (Tome 4)

Deception (Tome 5)

Celebration (Tome 6)

Shifters in Vegas

Paranormal romance with a zany twist

Gambling on Trouble

Gambling on Her Dragon

Gambling on Her Bear

Gambling on Her Panther

Serendipity Adventure Romance

Off the Charts

Uncharted

Entangled

Windswept

Adrift

Travel Romance

Veiled Fantasies

Island Fantasies

www.annalowe.fr

À propos d'Anna Lowe

Anna Lowe, auteure de best-sellers aux classements USA Today et Amazon, adore rappeler que les héroïnes sont des héros au féminin et faire naître des histoires d'amour passionnées dans des décors enchanteurs. Elle aime les chiens, le sport et les voyages – où elle puise ses inspirations. Si elle n'est pas concentrée sur son ordinateur, à travailler sur sa toute dernière histoire, vous la trouverez en randonnée dans les montagnes ou à vélo sur les routes de campagne. Et sa journée se terminera toujours par un carré de chocolat noir et une bonne lecture.

Visitez **www.annalowe.fr**.